El Palacio de las Cien Puertas

Carlo Frabetti

sm

www.literaturasm.com

Primera edición: mayo 2005
Decimoprimera edición: noviembre 2011

Dirección editorial: Elsa Aguiar
Imagen de cubierta: Juan Berrio

© Carlo Frabetti, 2005
© Ediciones SM, 2005
   Impresores, 2
   Urbanización Prado del Espino
   28660 Boadilla del Monte (Madrid)
   www.grupo-sm.com

ATENCIÓN AL CLIENTE
Tel.: 902 121 323
Fax: 902 241 222
e-mail: clientes@grupo-sm.com

ISBN: 978-84-348-4151-2
Depósito legal: M-43321-2010
Impreso en la UE / *Printed in EU*

Cualquier forma de reproducción, distribución,
comunicación pública o transformación de esta obra
solo puede ser realizada con la autorización de sus titulares,
salvo excepción prevista por la ley. Diríjase a CEDRO
(Centro Español de Derechos Reprográficos, www.cedro.org)
si necesita fotocopiar o escanear algún fragmento de esta obra.

El Mundo Sutil

Al abrir este libro, has entrado, aunque solo mentalmente, en otro nivel de realidad. Tu cuerpo sigue cómodamente instalado en el Mundo Tangible, pero una parte de tu mente ya está aquí, y si sigues leyendo te adentrarás en un mundo lleno de sorpresas y aventuras, pero también de peligros.

Este libro es como un mapa de una región del Mundo Sutil. Sus páginas se corresponden con un determinado lugar de ese mundo, y, al leerlas, te situarás mentalmente en ese lugar. Si tu mente es frágil, tal vez resulte perturbada por alguna de las cosas con las que tendrá que enfrentarse. Si tu mente es confusa, tal vez quede atrapada en alguna de las trampas que hallará en su camino.

Antes de seguir leyendo, contesta con toda sinceridad a estas tres preguntas:

¿Crees que es mejor sufrir una injusticia que cometerla?
¿Crees que la razón es mejor que la fuerza?
¿Crees que la amistad es mejor que la riqueza?

laber*intro*

Si has contestado afirmativamente a las tres preguntas, puedes seguir leyendo. De lo contrario, es preferible que cierres este libro y no vuelvas a abrirlo.

El Palacio de las Cien Puertas

Has decidido seguir adelante, y ahora estás ante el Palacio de las Cien Puertas.

Si te esfuerzas un poco, verás con los ojos de la mente un par de puertas, una azul y otra verde.

En la azul hay un letrero que dice:

> UNA DE LAS DOS PUERTAS
> LLEVA
> AL ABISMO SIN FONDO

En la verde hay un letrero que dice:

> ESTA PUERTA
> LLEVA
> AL ABISMO SIN FONDO

Ahora bien, el hecho de que las puertas sean de distinto color significa que una de las dos miente y la otra dice la verdad, pero no sabes (todavía) cuál es la mentirosa y cuál la sincera. Tenlo muy en cuenta: no pueden decir ambas puertas la verdad ni mentir ambas; lo que hay escrito en una de ellas es cierto, y lo que hay escrito en la otra es falso.

Tienes tres posibilidades:

laber*intro*

Si abres la puerta verde, pasa a la página 9.

Si abres la puerta azul, pasa a la página 12.

Si no te atreves a abrir ninguna de las dos puertas (podrías caer en el terrible Abismo Sin Fondo), cierra el libro y procura olvidarte de él.

Oz

Has elegido bien, y acabas de entrar en el Palacio por la puerta verde (si esta puerta dijera la verdad, ambas puertas la dirían, y eso no es posible, puesto que una miente: ¿ha sido este tu razonamiento o has acertado por casualidad?).

Al principio la oscuridad es completa (ambas puertas, al abrirlas, muestran la misma negrura total, para que nadie pueda asegurarse, antes de entrar, de que a sus pies no se abre un abismo), pero poco a poco se ilumina la espaciosa sala cuadrada, de unos diez metros de lado y blanco suelo de mármol, en la que te encuentras. La fuente de luz es una enorme lámpara que brilla como el sol colgada del centro del techo.

Bajo la lámpara hay un trono de mármol verde cuajado de piedras preciosas. Y sobre el trono, una enorme cabeza calva sin cuerpo.

—Yo soy Oz, el grande y terrible —te dice—. No me contestes, no puedo oírte, pues solo estás aquí mentalmente.

Pero percibo tu presencia, tu curiosidad, tu interés... Debes saber que en el Palacio hay un tesoro de valor incalculable. Se dice que está en la sala central, pero no puede estar allí. Si descubres por qué no puede estar en la sala central, habrás descubierto el tesoro, será tuyo. Pero ten en cuenta que el Palacio está lleno de trampas y peligros. Aunque ningún daño físico puedes sufrir (pues solo estás aquí mentalmente), aunque puedes salir cuando lo desees sin más que cerrar el libro que ahora mismo tienes en las manos, tu mente es vulnerable: podría sufrir sutiles heridas, o quedar parcialmente atrapada en algún oscuro rincón del Palacio... Suerte, visitante del Mundo Tangible. O mejor: sensatez y prudencia.

Dicho esto, la enorme cabeza cierra la boca y los ojos y permanece totalmente inmóvil, como si se hallara sumida en una profunda meditación.

En dos de las paredes de la sala, la de enfrente y la de la izquierda (con respecto a la entrada, que ahora está a tu espalda), hay sendas puertas, ambas moradas. Te acercas a ellas.

En la puerta de la izquierda hay un letrero que dice:

UNA LLEVA
HACIA EL TESORO

En la puerta de enfrente hay un letrero que dice:

YO NO LLEVO
HACIA EL TESORO

Ahora bien, el hecho de que las dos puertas sean del mismo color significa que: o dicen ambas la verdad, o ambas mienten.

laber*intro*

Si abres la puerta de la izquierda, pasa a la página 14.

Si abres la puerta de enfrente, pasa a la página 17.

El Abismo Sin Fondo

Te has equivocado, y estás cayendo (aunque solo mentalmente, de momento) por el Abismo Sin Fondo de la confusión, en medio de la más completa oscuridad. Y seguirás cayendo por el negro abismo mientras no entiendas el fallo de tu razonamiento, así que presta mucha atención:

La puerta verde dice: «Esta puerta lleva al Abismo Sin Fondo». Si esto fuera cierto, ambas puertas dirían la verdad, puesto que la azul dice que una de las puertas lleva al Abismo.

Pero sabemos (puesto que son de distinto color) que una de las dos puertas miente; por lo tanto, lo que dice la puerta verde no puede ser cierto, y ella no lleva al Abismo.

Pero si la verde miente, lo que dice la azul es cierto (pues sabemos que una miente y la otra dice la verdad). Luego una de las dos puertas lleva al Abismo. Y si no es la verde, tiene que ser la azul.

Si lo has entendido, dejarás de caer. Si no, aunque tu cuerpo (de momento) siga cómodamente instalado en el

Mundo Tangible, una parte de tu mente seguirá cayendo en el Abismo Sin Fondo de la confusión. Sigue reflexionando hasta que lo veas claro, ayúdate con papel y lápiz, pídele a alguien que te lo explique... o seguirás cayendo eternamente.

El jardín colgante

Al leer este título (es decir, al abrir la puerta de la izquierda), tal vez hayas pensado en los famosos jardines colgantes de Babilonia. Pero lo que te encuentras tras la puerta es algo mucho más insólito: un jardín invertido. Estás en una sala cuadrada de las mismas dimensiones que la anterior, en la que las plantas cuelgan del techo y la luz sale de unos puntos brillantes que hay en el negro suelo, que parece un cielo estrellado.

Entre las numerosas flores de la sala-invernadero destaca, colgando del centro del techo como una gran lámpara, un magnífico rosal cuajado de rosas blancas.

En la pared de enfrente hay una puerta. Se abre y entra un enano con una escalera.

En la pared de la derecha hay otra puerta. Se abre y entra un enano con una brocha y un bote de pintura roja.

El primer enano planta la escalera debajo del rosal y la sujeta con ambas manos. El segundo enano se sube a lo alto de la escalera y empieza a pintar de rojo las rosas blancas.

—¡Cuidado, que me salpicas! —grita el enano que está sujetando la escalera.

—¿Qué más te da, si tu gorro también es rojo? —ríe el enano que está pintando.

—Sí, pero mi barba es blanca, como las rosas, y no quiero cambiarla de color —protesta el enano de abajo.

La escena te resulta familiar. ¿En qué libro llega una niña a un extraño jardín y ve a unos personajes pintando de rojo unas rosas blancas? ¿Es en *El mago de Oz* o en *Alicia en el País de las Maravillas*?

laberintro

Si crees que es en **El mago de Oz,** abre la puerta de enfrente, que da a la página 16.

Si crees que es en **Alicia en el País de las Maravillas,** abre la puerta de la derecha, página 19.

El León Cobarde

La puerta de enfrente da al desierto. O eso parece a primera vista. Cuando tus ojos, que vienen de la penumbra del invernadero, se acostumbran a la intensa luz, te das cuenta de que es una sala cuadrada como las anteriores, con las paredes pintadas de azul celeste y el suelo cubierto de arena. Tumbado en el suelo dormita un imponente león.

El felino se levanta de un salto. Pero no temas: en primer lugar, solo estás aquí mentalmente, por lo que no puede hacerte ningún daño. Y aunque pudiera, no se atrevería: es el León Cobarde de *El mago de Oz*, y es él quien está asustado. No puede verte, ni oírte, ni olerte, pero percibe tu presencia mental.

—¡Vete, fantasma! —gime el león echándose a temblar—. ¡No me hagas daño!

¿Por qué no huye? Porque tú estás delante de la puerta que acabas de abrir, y no hay otra salida.

Pero, si no hay otra salida, no puedes seguir tu recorrido hacia el tesoro. ¿No te habrás equivocado de puerta?

El cuarto oscuro

Al cruzar la puerta de enfrente, entras en un cuarto tan oscuro que no ves las paredes ni el techo. Y tampoco el suelo, pero al menos lo sientes al pisarlo. Aunque sería mejor que no lo sintieras, pues está pegajoso. Muy pegajoso. Tan pegajoso que tus pies se pegan a él, valga la redundancia. Mentalmente, claro. Porque has pensado con los pies.

Si has elegido la puerta de enfrente, que dice: «Yo no llevo hacia el tesoro», es porque crees que miente y que, por tanto, sí que lleva hacia el tesoro. Pero, de ser así, la otra puerta diría la verdad, puesto que afirma que una de las puertas lleva hacia el tesoro. Y ello no es posible, puesto que sabemos que ambas dicen la verdad o ambas mienten: no puede mentir una y la otra decir la verdad.

Y como acabamos de ver que no pueden mentir ambas (pues si lo que dice la de enfrente fuera falso, lo que dice la de la derecha sería cierto), las dos tienen que decir la verdad. Por lo tanto, la puerta de enfrente no lleva hacia el tesoro. Y como ambas puertas dicen la verdad, una de ellas lleva hacia el tesoro; y puesto que no es la de enfrente, tiene que ser la de la derecha.

Hasta que no lo veas claro, seguirás en el cuarto oscuro, pegado a su pegajoso (valga la redundancia) suelo. Deja de pensar con los pies para poder despegarlos y seguir tu recorrido por el Palacio de las Cien Puertas.

El Sombrerero Loco

Abres la puerta de la derecha y entras en un gran salón-comedor cuadrado de unos diez metros de lado. En el centro de cada pared hay una puerta, las cuatro iguales (una de ellas es la puerta por la que acabas de entrar, evidentemente). En el centro del salón hay una larga mesa con varias bandejas llenas de galletas, tarros de mermelada, una tetera... Sentado a la mesa, un estrafalario personaje que, si has leído *Alicia en el País de las Maravillas* (y si no lo has leído, debes hacerlo cuanto antes: es absolutamente necesario leer ese libro), te resultará familiar: el Sombrerero Loco. Si haces un esfuerzo, verás con los ojos de la mente su enorme sombrero de fieltro con un cartelito en el que pone *In this style 10/6*.

El Sombrerero permanece totalmente inmóvil, y al acercarte un poco comprendes por qué: está profundamente dormido.

Estás dando la espalda a la puerta por la que has entrado. Por la de enfrente llega un enano de rojo gorro puntiagudo, y otro por la de la izquierda.

—El Sombrerero se ha dormido —dice uno de ellos.
—¿Lo pintamos de rojo? —propone el otro.
—Sería divertido —responde el primero—, pero va a despertarse de un momento a otro. Ha venido el fantasma —añade señalando hacia ti.

Y, efectivamente, el Sombrerero se despierta con un largo y ruidoso bostezo. Mira a su alrededor desconcertado, pero no ve a nadie, pues los dos enanos se han escondido debajo de la mesa. Se frota los ojos y los dirige hacia ti.

—No puedo verte, pero sé que estás ahí —dice con voz pastosa, seguramente porque acaba de comer pastas con el té—. Tienes que ayudarnos —añade tras una pausa—. Estamos librando una batalla en el Palacio de las Cien Puertas. Cinco contra tres. Yo estoy en el grupo de cinco, pero el otro bando es más fuerte, aunque solo sean tres. Los ocho contendientes estamos dormidos. Solo está operativo uno de los ocho: una vez uno de un bando, la vez siguiente uno del otro bando, y así hasta el final de la batalla. Ahora debería estar operativa Alicia, pero debe de haberse quedado dormida. Doblemente dormida, quiero decir: no solo está dormida para poder soñar con nosotros, pues como sabes el País de las Maravillas es un sueño de Alicia, sino que está soñando que duerme, y debería estar despierta dentro de su sueño, pues le toca actuar, y si no lo hace... Tienes que encontrar a Alicia y despertarla; pero no del todo, porque si no dejará de soñar y desapareceremos todos: tienes que despertar a la Alicia soñada por Alicia. Parece un lío, pero es muy fácil, porque como tú eres un fantasma y solo estás aquí mentalmente, no puedes despertar a la Alicia del Mundo Tangible, sino solo a la que está aquí, es decir, a la Alicia soñada y no a la Alicia soñante... Me estoy haciendo un lío, pero en realidad es muy fácil: ve hacia el ala norte del Palacio, busca a Alicia y despiértala... Ya sé que estás aquí para buscar el tesoro, pero despertar a Alicia (a la Alicia soñada) es la mejor forma de encontrarlo, ya verás...

El Sombrerero se quita el gran sombrero de fieltro y bajo él aparece una corona de oro blanco.

—Además, te lo ordeno —añade—, que para eso soy el rey.

Dicho lo cual vuelve a quedarse profundamente dormido.

Tienes que ir hacia el norte. Teniendo en cuenta que has entrado en el Palacio por la fachada que da al sur, ¿por qué puerta has de salir?

laberintro

Si eliges la puerta de la derecha, ve a la página 22.
Si eliges la puerta de la izquierda, ve a la página 23.
Si eliges la puerta de enfrente, ve a la página 24.

El cuarto oscuro

Al cruzar la puerta de la derecha, entras en un cuarto tan oscuro que no ves las paredes ni el techo. Y tampoco el suelo, pero al menos lo sientes al pisarlo. Aunque sería mejor que no lo sintieras, pues está pegajoso. Muy pegajoso. Tan pegajoso que tus pies se pegan a él, valga la redundancia. Mentalmente, claro. Porque has pensado con los pies.

Tal vez hayas estado ya aquí. Es el cuarto oscuro contiguo a la sala de suelo de mármol donde te ha recibido la cabeza flotante.

Mientras despegas los pies del pegajoso suelo, piensa con calma hacia dónde tienes que ir. Reconstruye mentalmente (o con ayuda de papel y lápiz) el camino recorrido hasta aquí, y ten en cuenta que has entrado en el palacio por el sur.

La carbonera

Al cruzar la puerta de la izquierda, entras en una compacta oscuridad. Tan compacta que se te cae encima: una avalancha de negro carbón te cubre hasta las orejas. A tus espaldas oyes las vocecillas estridentes de los dos enanos de rojo gorro.

—Vaya sentido de la orientación —dice uno de ellos.

—Y vaya cabezota —añade el otro—. No necesitas tener sentido de la orientación, fantasma: es suficiente con que reconstruyas el camino que has recorrido para llegar hasta aquí.

—Y no olvides que has entrado por el sur —te recuerda el primero.

De modo que vuelve atrás, límpiate la carbonilla e inténtalo otra vez.

Los libros-puerta

Abres la puerta de enfrente y entras en una sombría biblioteca. Las cuatro paredes de la sala cuadrada, de unos diez metros de lado, están cubiertas hasta el techo de estanterías llenas de libros.

En el centro de la sala hay una mesa de lectura. Un enano de revuelto cabello e hirsuta barba roja lee un grueso libro a la luz de un candil.

Al entrar tú, levanta la vista del libro y pregunta:

—¿Quién anda ahí?

Los dos enanos de puntiagudo gorro irrumpen en la biblioteca.

—Es un fantasma —dice uno.

—Una visita del Mundo Tangible —añade el otro.

—¿Dos por dos? —pregunta el enano pelirrojo.

—Cuatro —contestan a coro los otros dos.

—Así que es verdad... Sí, ya percibo tu presencia —dice el bibliotecario mirando en tu dirección—. Te habrá sorprendido que les haya preguntado a mis congéneres cuántas son dos por dos, pero es que son raimundillos y quería averiguar si estaban mintiendo. Tal vez no sepas quiénes son y cómo son los raimundillos...

Los aludidos interrumpen al enano pelirrojo canturreando apresuradamente:

> *Los raimundillos*
> *o son tan pillos*
> *que siempre mienten*
> *o no consienten*
> *que en todo el año*
> *un solo engaño*
> *manche sus labios,*
> *pues son muy sabios...*

—Así es —prosigue el bibliotecario—. Los raimundillos se dividen en dos grupos: los veraces y los mendaces. Los primeros siempre dicen la verdad, y los segundos mienten siempre. Y no hay manera de distinguirlos por su aspecto físico... Bien, bien, ¿qué te trae por aquí, presencia del Mundo Tangible?

—¿Para qué le preguntas? Sabes perfectamente que no puede hablar —dice uno de los raimundillos.

—Para que me contestéis vosotros —ríe el enano pelirrojo—, que seguro que habéis estado fisgoneando.

—Está leyendo uno de los libros-puerta —dice el otro raimundillo. Son prácticamente iguales; solo se diferencian en que uno tiene la barba de un gris amarillento y el otro la tiene blanca como la nieve.

—Y va a despertar a Alicia —añade el de la barba gris.
—¿Cómo lo sabéis? —pregunta el bibliotecario.
—El Sombrerero le ha pedido ayuda —contesta el raimundillo de la barba blanca.
—¿Y cómo sabéis que la presencia del Mundo Tangible le va a hacer caso al Sombrerero? —insiste el enano pelirrojo.
—Porque percibimos su interés y su buena voluntad —responden a coro los dos raimundillos.
—Muy bien —dice el bibliotecario asintiendo con la cabeza—. En tal caso, bienvenido o bienvenida a la biblioteca —añade mirando en tu dirección—. Aquí están los libros-puerta, esos libros que, como el que estás leyendo ahora mismo, conectan a quienes los leen con el Mundo Sutil.
—No sabe lo que es el Mundo Sutil —advierte el raimundillo de la barba blanca.
—Percibimos su desconcierto —añade el otro.
—Nadie sabe lo que es el Mundo Sutil —dice el enano pelirrojo con un encogimiento de hombros.
—Pero sabemos algunas cosas —precisa Barbablanca.
—Claro, claro —admite el bibliotecario—. Sabemos que el Mundo Sutil se construye a partir de los pensamientos de quienes leen ciertos libros o escuchan ciertas historias. Pero no sabemos cómo ni por qué.
—Algunos creen que es pura magia —comenta Barbagrís—, y que el Mago de Oz es el creador del Mundo Sutil.

—Ya sabéis lo que siempre digo de la magia —replica el bibliotecario—. «Magia» no es más que el nombre que algunas personas dan a lo que no comprenden.

—¿Y tú comprendes el Mundo Sutil? —le pregunta Barbablanca.

—No del todo; pero tengo una teoría...

—¡Cuéntanosla! —piden a coro los raimundillos.

—De acuerdo... Yo creo (y no me preguntéis por qué, pues no os lo voy a decir ahora, pero tengo mis motivos) que el Mundo Sutil lo genera una máquina...

—¿Una máquina? —exclaman los raimundillos.

—Sí, un enorme ordenador... Unos científicos intentaron construir una máquina capaz de leer el pensamiento. Pero la mente es demasiado compleja y caótica, y no lo lograron. Sin embargo, descubrieron que al leer ciertos libros o escuchar ciertas historias, la mente se sosiega, se ordena, y entonces las ondas cerebrales se pueden captar y grabar igual que un programa de televisión. Entonces los científicos construyeron su máquina lectora del pensamiento lector, distribuyeron antenas por todo el Mundo Tangible y empezaron a grabar los pensamientos y emociones de millones de lectores. Y con todo ese material que absorbe incesantemente, la máquina genera el Mundo Sutil. Para los habitantes del Mundo Tangible, es un mundo virtual; pero para nosotros es más real que el suyo.

—¿Y estos libros...? —empieza a preguntar Barbagrís.

—Estos libros —responde el enano pelirrojo señalando con un amplio gesto de la mano las estanterías que cubrían por completo las paredes de la sala— son los libros-puerta, que no solo sirven par conectar el Mundo Tangible y el Mundo Sutil, sino que en su día sirvieron para construir nuestro mundo. Aquí están *Alicia en el País de las Maravillas*, *El mago de Oz*, *Pinocho*, *Peter Pan*, *Las aventuras de Tom Sawyer*, *El libro de las tierras vírgenes*, *La isla del tesoro*... Y, por supuesto, las recopilaciones de cuentos maravillosos de los hermanos Grimm, Perrault, Andersen...

—No lo entiendo muy bien —dice Barbablanca rascándose la cabeza.

—Nadie lo entiende muy bien —lo consuela el bibliotecario con una sonrisa.

—Y yo casi prefiero no entenderlo —comenta Barbagrís—. Si lo que dices es cierto, no existimos realmente: solo somos el producto de la actividad mental de las personas del Mundo Tangible. ¡Qué angustia!

—Si no existieras, no podrías preocuparte por tu existencia —ríe el enano pelirrojo—. Las gallinas salen de huevos puestos por otras gallinas. Y un cerezo nace de un simple hueso de cereza. La semilla que dio origen a nuestra existencia fue (al menos eso creo yo) la actividad mental de otras personas, sí; pero luego crecimos y nos desarrollamos en los circuitos de la gran máquina hasta convertirnos en individuos autónomos, igual que un hueso de cereza crece en terreno abonado hasta convertirse en un nuevo árbol.

—¿Y seguiríamos existiendo aunque las personas del Mundo Tangible dejaran de contar cuentos y de leer libros? —pregunta Barbablanca con voz preocupada.

—Pues claro —contesta el bibliotecario—. Pero si la gente del Mundo tangible sigue leyendo, nuestro mundo se enriquece con sus aportaciones. Y se anima con sus visitas —añade mirando hacia ti, aunque no puede verte.

—Por cierto, nuestra visita tiene que seguir avanzando —dice Barbagrís—. Hay que despertar a Alicia.

—Cierto, cierto —admite el bibliotecario—. Que tengas una feliz estancia entre nosotros.

Dicho lo cual, pulsa un botón y una estantería de la pared de la izquierda (estás dando la espalda a la puerta por la que has entrado aquí) se desplaza lateralmente.

No hay otra salida, así que tendrás que ir por ahí.

El Conejo Blanco

Pasas a una sala cuadrada de unos diez metros de lado, muy luminosa y cuyo suelo está cubierto de fino césped de un verde muy claro. Tumbado sobre la hierba, duerme un conejo con chaqueta y chaleco.

Los dos raimundillos te siguen. Barbagrís se acerca al conejo y le grita en la oreja:

—¡Despierta!

El Conejo Blanco se levanta de un brinco, sobresaltado. Se saca del bolsillo del chaleco un antiguo reloj de cadena y mira la hora.

—¿Qué pasa? —pregunta nervioso—. ¿Ya me toca actuar?

—No —lo tranquiliza Barbiblanca—. Pero tienes que decirle a nuestro amigo (o amiga, no sabemos si es chico o chica) cómo llegar hasta Alicia.

—¿A quién? —pregunta el Conejo Blanco mirando a derecha e izquierda—. No veo a nadie.

—Pues claro que no —dice Barbagrís—. Es una presencia del Mundo Tangible. La mente de una persona que está leyendo este libro.

—¿Qué libro? —pregunta el conejo.

—El libro que habla de nosotros y del Palacio de las Cien Puertas y de la batalla de Alicia y sus amigos contra...

—¡Ni los menciones! —lo interrumpe el conejo—. Sí, ya veo. Mejor dicho, no veo, pero percibo la presencia. Pues, bueno, Alicia está hacia el nordeste.

—Eso ya lo sabemos —dice Barbiblanca—. ¿Pero qué camino hemos de seguir para llegar hasta ella?

—Pues primero tenéis que ir hacia el norte y luego hacia el este —contesta el conejo.

—Menuda ayuda —comenta Barbagrís.

—Con aliados como tú, Alicia lo tiene claro. Vaya caballero.

—No soy un caballero, a pesar de mi elegante atuendo —replica el conejo—. Mi responsabilidad es muy limitada, soy un simple peón. Y voy a seguir durmiendo, que es lo que me corresponde hacer en este momento.

Dicho lo cual, el Conejo Blanco vuelve a tumbarse en el césped y se queda profundamente dormido.

—Bien, ya lo has oído —te dice Barbagrís—. Primero hacia el norte...

laber*intro*

Estás de espaldas a la puerta por la que has entrado aquí. Si crees que la puerta norte queda a tu derecha, ve a la página siguiente.

Si crees que queda enfrente de ti, ve a la página 35.

El Rey Negro

Entras en una jaima cuadrada de unos diez metros de lado, una de esas grandes tiendas que los beduinos plantan en el desierto. Está casi a oscuras, y cuando tus ojos mentales se acostumbran a la falta de luz ves, durmiendo sobre unos cojines de seda, al rey Baltasar. Deduces que es él por su corona y su lujosa indumentaria, porque es negro y porque la jaima está llena de juguetes. Te acercas al durmiente.

El rey se despierta y se incorpora ligeramente. Chasquea los dedos y todas las velas de un candelabro de veinte brazos se encienden a la vez como por arte de magia. A su tenue y fluctuante luz, ves con más detalles los cientos de juguetes que hay a tu alrededor, y también al propio rey, que te mira sonriendo. La blancura de sus dientes contrasta con la negrura de su tez y de su ropa; todo lo que lleva es negro, incluso su reluciente corona.

—¿Te sorprende el color de mi corona? —te dice mirándote fijamente—. ¿No has oído hablar del oro negro? —añade riendo.

Los raimundillos han entrado en la jaima detrás de ti, pero permanecen junto a la puerta, como si no se atrevieran a acercarse.

—No pongas esa cara de pasmo —prosigue Baltasar—. Ni te extrañes de que te vea. Los demás no pueden verte, pero yo soy mago, como ya sabes. También sabrás que todos los niños me adoran. Todos menos Alicia, que quiere acabar conmigo. ¿No irás a ayudarla, verdad? No, claro que no. ¿Cómo ibas a ponerte en mi contra? Si precisamente tengo para ti tres maravillosos regalos. Ahí están.

El rey negro señala un montón de cajas que hay cerca de él, a su derecha. Son grandes cajas de cartón envueltas en brillantes papeles multicolores. Tres de ellas llevan etiquetas con tu nombre. Una está envuelta en papel dorado, otra en papel plateado y la tercera en papel negro charolado.

—La caja dorada contiene el regalo más valioso que jamás has deseado. La plateada, el más bello. Y la negra, el más secreto.

Concéntrate durante unos minutos antes de seguir. Piensa en el objeto más valioso que has deseado que te regalaran, en el más bello y en el más secreto. La única limitación es que tienen que caber en sendas cajas de medio metro de lado.

Abre la primera caja, la del envoltorio dorado. Si te concentras, verás en su interior, con los ojos de la mente, el objeto más valioso que jamás has deseado poseer.

Abre la segunda caja, la del envoltorio plateado. A la luz de las velas, verás en su interior el objeto que más bello que alguna vez has querido que fuera tuyo.

Abre la tercera caja, la del envoltorio negro. Dentro está tu deseo más secreto.

—Yo soy mago, como sabes —dice Baltasar— y puedo hacer que te lleves estos regalos a tu mundo. Alíate conmigo.

Dicho lo cual, vuelve a quedarse profundamente dormido sobre los cojines de seda.

En la jaima hay dos puertas: una a tu derecha y otra a tu izquierda (además de la puerta por la que has entrado, a la que sigues dando la espalda). Sal por la que te acerque más a tu objetivo.

laber*intro*

Si eliges la puerta de la derecha, ve a la página 40.
Si eliges la puerta de la izquierda, ve a la página 37.

La cripta

Por la puerta de enfrente, entras en una oscura cripta cuadrada de unos diez metros de lado. La puerta se cierra tras de ti dejándote a solas, pues en esta ocasión los raimundillos no te han seguido. No hay más puertas que la que se ha cerrado a tus espaldas. Intentas volver a abrirla, pero no puedes.

Aunque tal vez tu soledad no sea total: en el centro de la cripta hay dos ataúdes. Te acercas a ellos. Son idénticos, y sobre sus tapas hay sendas placas metálicas con insólitas inscripciones.

En la placa del ataúd de la izquierda pone:

> NO TE CONVIENE ABRIR
> NINGÚN ATAÚD

En la placa de la derecha pone:

> TE CONVIENE ABRIR
> ESTE ATAÚD

Los ataúdes son del mismo color; por lo tanto, o ambos mienten o ambos dicen la verdad.

La puerta por la que has entrado en la cripta está cerrada y no puedes volver a abrirla. Lo único que puedes hacer es abrir uno de los dos ataúdes y ver qué pasa. O quedarte en la cripta por tiempo indefinido. Puede que pienses que también puedes cerrar el libro y olvidarte de él; pero, si lo haces, una parte de tu mente quedará atrapada en esta cripta. No te lo recomiendo. Esta misma noche podrías tener pesadillas muy poco agradables...

laber*intro*

Si abres el ataúd de la izquierda, ve a la página siguiente.

Si abres el ataúd de la derecha, ve a la página 39.

La puerta secreta

Si el ataúd de la izquierda, que afirma: «No te conviene abrir ningún ataúd», dijera la verdad, el otro mentiría, ya que dice: «Te conviene abrir este ataúd». Pero no pueden mentir uno y el otro decir la verdad, porque son del mismo color. Por lo tanto, el primer ataúd miente, y el otro también. Y puesto que ambos mienten, sí que te conviene abrir algún ataúd, y no te conviene abrir el de la derecha; por lo tanto, te conviene abrir el de la izquierda. Has elegido bien.

Al abrir el ataúd de la izquierda, se abre una puerta secreta en la pared de la derecha (estás dando la espalda a la puerta por la que has entrado en la cripta).

laber*intro*

Pasa por la puerta secreta a la sala siguiente, a la página siguiente.

O(trave)z

Una enorme cabeza calva flota en el centro de una luminosa sala cuadrada de unos diez metros de lado. Por un momento crees que estás de nuevo en la primera sala. Pero sabes que no puede ser. Te has alejado de ella hacia el norte y hacia el oeste.

—Exactamente cuatro salas hacia el norte y cuatro hacia el oeste —dice la cabeza flotante como si te hubiera leído el pensamiento—. O, si lo prefieres, cuatro salas en diagonal, hacia el noroeste. Aunque tú no puedes trasladarte en diagonal. Bueno, solo excepcionalmente. Solo si te dispones a matar. Pero ahora no es el caso. Desde aquí no puedes matar a nadie. Ni ir a ninguna parte, por cierto. En algún momento has errado tu camino...

La enorme cabeza sigue hablando, pero su voz se distorsiona hasta hacerse incomprensible. Mientras, se abre una puerta en una de las paredes. La cruzas. Da al exterior. Estás fuera del palacio.

laber*intro*

Retrocede hasta descubrir en qué punto has errado tu camino. Y luego haz lo que creas conveniente.

Tu ataúd

Al abrirlo, el ataúd te succiona hacia su negro interior como un potentísimo aspirador. Te engulle como una boca hambrienta, y luego la boca se cierra. Estás dentro de tu ataúd, en la más completa oscuridad.

Parece ser que has elegido mal. Aprovecha la calma del momento para reflexionar sobre tu elección. Hasta que no comprendas el razonamiento correcto, una parte de tu mente quedará atrapada aquí, inerte, como muerta...

En la arena

De la penumbra de la jaima sales a la luz deslumbrante. Y hay arena bajo tus pies, como si de la oscura tienda del rey Baltasar hubieras salido al luminoso desierto.

Pero al acostumbrarse tus ojos a la intensa luz ves que no estás en el desierto, sino en una pequeña plaza de toros cuadrada de unos diez metros de lado.

La plaza es pequeña, pero no el Toro Negro que duerme sobre la arena. Es una enorme bestia de más de quinientos kilos, con un par de imponentes cuernos, largos y puntiagudos.

—Otro adversario de Alicia —dice a tus espaldas uno de los raimundillos, que te han seguido fuera de la jaima.

—Y muy peligroso —añade el otro enano.

Como para confirmar sus palabras, el toro se incorpora, resopla amenazador y mira en tu dirección.

Enfrente de ti hay un burladero, y a tu izquierda otro. Pero solo tras el del norte hay una salida. El del este no lleva a ninguna parte.

laber*intro*

Si eliges el burladero de enfrente, ve a la página siguiente.

Si eliges el de la izquierda, ve a la página 43.

Aunque también puedes quedarte en la plaza y torear un rato.

En el burladero

O tu sentido de la orientación deja bastante que desear, o no quieres ir a ninguna parte. Por si no te has enterado, este es el burladero del este, valga la redundancia.

Puedes quedarte aquí a pasar el día, o ir al otro burladero. Pero corriendo a toda velocidad, pues el toro está al acecho.

Tras la cortina

Detrás del burladero de la izquierda hay una cortina. Y tras la cortina hay una amplia habitación cuadrada de unos diez metros de lado. Parece el dormitorio colectivo de un hospital o un colegio, pues hay muchas camas, aunque solo una de ellas está ocupada. Con la espalda apoyada en una almohada colocada verticalmente, una niña lee un libro a la luz de una lamparilla, sola en el oscuro y desierto dormitorio.

Al entrar tú, la niña levanta los ojos del libro. Mira en tu dirección (decir «te mira» sería inadecuado, pues no puede verte) durante unos segundos, y luego vuelve a concentrarse en su lectura.

Te acercas a ella. Es una niña de unos diez u once años, pálida y delgada. Parece enferma. Junto a su cama hay una enorme pila de libros. Cuando llegas a su lado, empieza a leer en voz alta:

«Cierto es que el Palacio esconde un tesoro de valor incalculable, pero no está, como creen algunos, en la sala central. Esto es algo que se puede afirmar sin lugar a dudas, por una razón cuyo descubrimiento equivale, prácticamente, a encontrar el tesoro.

»Al igual que el Bosque de los Cuentos, con el que linda, el Palacio de las Cien Puertas tiene muchos habitantes, aunque ningún dueño. Y muchos visitantes ocasionales de otros niveles de realidad, que lo recorren como fantasmas.

«Aunque el aspecto y el contenido de las salas del Palacio es variable, así como sus inquilinos, la estructura del edificio es fija, y responde a un antiquísimo diseño que representa a la vez la amistad y la rivalidad, la paz y la guerra.

»Su nombre, como tantos nombres, no pretende expresar con exactitud las características de lo nombrado, pero tampoco es arbitrario. Cuando todas las salas se comunican con todas las contiguas, el Palacio tiene exactamente 112 puertas interiores; si les sumamos las ocho que dan al exterior (dos en cada una de las fachadas), tenemos un total de 120. Pero aunque la estructura del Palacio y el número de salas permanecen constantes, algunas puertas aparecen o desaparecen según las configuraciones. Su número nunca excede de 120 ni es inferior a 64 (el mínimo de puertas que permite llegar al exterior desde cualquier sala y viceversa).

»Muchas y muy diversas historias se han desarrollado entre los muros del Palacio. Conozcamos una de ellas:

»Entrando por la puerta del sur, una presencia del Mundo Tangible se encontró con la gran cabeza flotante, una de las más imponentes apariencias del Mago de Oz, al que algunos consideran amo y señor (o incluso creador) del Palacio. Tras oír sus advertencias, pasó a la sala del jardín colgante, donde vio a los traviesos raimundillos pintando de rojo las rosas blancas suspendidas del techo.

»Luego siguió hacia el norte y se encontró con el Sombrerero Loco, sumido en el sueño de la batalla, al que despertó y que le pidió su colaboración.

»Despertó asimismo la intrusa presencia del Mundo Tangible, mediante su atenta lectura de uno de los libros-puerta, al Conejo Blanco, al Rey Negro y a su fiero toro. Y luego visitó el oscuro dormitorio donde convalece la niña que lee todos los libros...»

La niña deja de leer, levanta los ojos del libro y te mira fijamente. Ahora sí, te mira. Y señala con el dedo una puerta que hay en la pared de enfrente a la de la cortina por la que has entrado aquí.

Una puerta de cristal esmerilado que deja pasar la intensa luz del otro lado.

Pero mientras miras la puerta de cristal, los raimundillos te hacen señas desde otra puerta que se abre en la pared de la derecha, a otra sala iluminada.

En esta ocasión no se trata de elegir: debes visitar primero una sala y luego la otra.

laber*intro*

Pasa primero a la sala que hay a tu derecha, en la página siguiente.

La sala vacía

Los raimundillos te invitan a pasar a una sala cuadrada de unos diez metros de lado, con el suelo de blanco mármol y las paredes y el techo también de un blanco inmaculado. La sala está completamente vacía: ni un mueble, ni una alfombra, ni un objeto, ni un cuadro en las paredes...

—Esta es una de las cuatro salas centrales —dicen a coro los raimundillos—. Hay otra al este, otra al sur y otra más al sureste. Por lo tanto, este es el esquema del palacio.

Ambos raimundillos sacan sendos carboncillos y se ponen a dibujar en la blanca pared. Barbagrís dibuja este esquema:

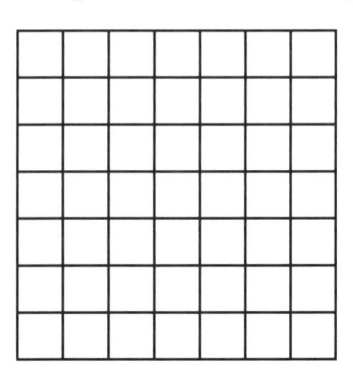

y Barbablanca este otro:

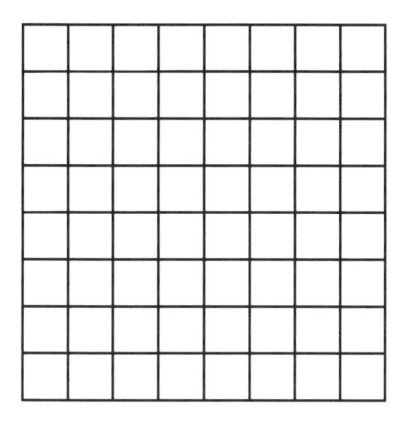

Luego se van corriendo.

Evidentemente, uno de los dos se ha equivocado (tal vez los dos). Pero con la información que has ido acumulando a lo largo de tu recorrido, y con lo que le has oído leer a la niña, deberías reconocer el esquema correcto, o ser capaz de dibujarlo tú si ninguno de los dos es exacto. Relee las páginas anteriores, si es necesario, o lee algunas de las que no has leído en busca de más información; pero no salgas de aquí sin tener claro cuál es el plano del Palacio.

laber*intro*

Cuando lo tengas claro, ve a la página siguiente, donde la niña que lee todos los libros sigue leyéndote.

La niña que señala la puerta

La niña sigue inmóvil en la misma posición, señalando la misma puerta de cristal esmerilado.

Cuando pasas junto a ella camino de esa puerta, sigue leyendo en voz alta:

«Luego, la intrusa presencia del Mundo Tangible siguió a los raimundillos hasta una de las salas centrales del Palacio, y ambos enanos dibujaron en la blanca pared sendos esquemas. Volvió después a la habitación de la niña que lee todos los libros y se encaminó hacia la puerta esmerilada que ella le había señalado...»

laber*intro*

Sal por la puerta de cristal, ve a la página siguiente.

El barquero

Al ir a cruzar la puerta de cristal esmerilado, casi te caes al agua, pues la sala siguiente está ocupada por completo por una piscina. En medio de la piscina flota una barca de remos, y en su interior hay un hombre que escribe en un pupitre. Y no es que haya un pupitre dentro de la barca, sino que la barca misma es un pupitre.

El hombre levanta la vista y te saluda con la mano. Deja la pluma, empuña los remos y boga hasta llegar junto a ti. Es un hombre alto y delgado, de edad indefinida y expresión melancólica.

Te mira directamente a los ojos. Es evidente que te ve.

—Sube —te dice sonriendo.

Subes a la barca-pupitre y te sientas frente a él. Mientras rema suavemente, te pregunta:

—¿Sabes en qué se parece un cuervo a un pupitre?

No, no lo sabes. Y aunque lo supieras no podrías decirlo,

pues no tienes voz en el Mundo Sutil. Tras una pausa, el hombre recita con voz cadenciosa:

> *Surcando la tarde dorada,*
> *nos llevan, ociosos, las aguas,*
> *pues son unos brazos pequeños*
> *los brazos que mueven los remos...*

Al ver tu expresión sorprendida, el hombre te aclara:
—No me refiero a mis brazos, que no son tan pequeños, como puedes ver. Estoy evocando una tarde de verano en la que, en una barca parecida a esta, llevé a tres niñas, Alicia y sus dos hermanas, a dar un paseo por el Támesis. Me pidieron que les contara un cuento, y fui improvisando una historia que se convertiría en mi libro más famoso, *Alicia en el País de las Maravillas*. ¿Lo has leído? ¿Y la continuación, has leído la continuación? Precisamente, para ayudar a Alicia en la batalla que se está librando en el Palacio, tienes que entrevistarte con un personaje de esa continuación. ¿Sabes al menos cómo se titula? Si crees que se titula *Regreso al País de las Maravillas*, te llevaré a la puerta del regreso. Si crees que se titula *A través del espejo*, te llevaré a la puerta del espejo.

laber*intro*

En el primer caso, ve a **La puerta del regreso**, en la página siguiente.

En el segundo caso, ve a la página 67.

La puerta del regreso

El barquero rema hacia el oeste y detiene la barca-pupitre junto a una puerta que hay en la pared de ese lado. Es una puerta de un negro intenso, que contrasta con la blancura de las paredes y la luminosidad de la piscina.

—Que tu viaje sea largo y fructífero —dice el hombre mientras desciendes a un pequeño descansillo—. Empuja la puerta. No ofrecerá ninguna resistencia.

Intentas empujar el negro rectángulo, pero tu mano no encuentra, literalmente, ninguna resistencia, pues no hay puerta: la negrura al otro lado es tan intensa que parece sólida. El descansillo está mojado y ligeramente inclinado hacia adentro, por lo que al empujar la inexistente puerta resbalas al interior de la otra sala. Y caes al vacío.

Pero caes muy lentamente, como si estuvieras en la Luna o en otro planeta de escasa gravedad.

La absoluta oscuridad inicial deja paso a un tenue resplandor, y ves que estás cayendo y (muy, muy lentamente) por un gran pozo de sección cuadrada de unos diez metros de lado, como si una de las salas del palacio se hubiera quedado sin suelo.

Al fijarte en la pared junto a la que estás cayendo, te das cuenta de que está cubierta de armarios y anaqueles, y de vez en cuando ves también mapas y cuadros colgados de sendos clavos.

Pasas junto a una estantería en la que hay un tarro en cuya etiqueta pone «Mermelada de naranja». Cógelo. Ábrelo.

Está vacío. Pero no lo sueltas, podrías darle en la cabeza a alguien que anduviera por el fondo del pozo. Ahora pasas junto a otra estantería. Dejas en ella el tarro de mermelada. Sigues cayendo y...

Si has leído *Alicia en el País de las Maravillas*, te sonará la escena: se parece mucho a lo que le pasa a Alicia en el pozo por el que cae al meterse en la madriguera del Conejo Blanco. Si no has leído *Alicia en el País de las Maravillas*, la escena te sonará cuando lo leas.

Sigues cayendo y cayendo

y cayendo y cayendo y cayendo y cayendo y cayendo y cayendo
y cayendo y cayendo y cayendo y cayendo y cayendo y cayendo
y cayendo y cayendo y cayendo y cayendo y cayendo y cayendo
y cayendo y cayendo y cayendo y cayendo y cayendo y cayendo
y cayendo y cayendo y cayendo y cayendo y cayendo y cayendo
y cayendo y cayendo y cayendo y cayendo y cayendo y cayendo
y cayendo y cayendo y cayendo y cayendo y cayendo y cayendo
y cayendo y cayendo y cayendo y cayendo y cayendo y cayendo
y cayendo y cayendo y cayendo y cayendo y cayendo y cayendo
y cayendo y cayendo y cayendo y cayendo y cayendo y cayendo
y cayendo y cayendo y cayendo y cayendo y cayendo y cayendo
y cayendo y cayendo y cayendo y cayendo y cayendo y cayendo
y cayendo y cayendo y cayendo y cayendo y cayendo y cayendo
y cayendo y cayendo y cayendo y cayendo y cayendo y cayendo
y cayendo y cayendo y cayendo y cayendo y cayendo y cayendo
y cayendo y cayendo y cayendo y cayendo y cayendo y cayendo
y cayendo y cayendo y cayendo y cayendo y cayendo y cayendo
y cayendo y cayendo y cayendo y cayendo y cayendo y cayendo
y cayendo y cayendo y cayendo y cayendo y cayendo y cayendo
y cayendo y cayendo y cayendo y cayendo y cayendo y cayendo
y cayendo y cayendo y cayendo y cayendo y cayendo y cayendo
y cayendo y cayendo y cayendo y cayendo y cayendo y cayendo
y cayendo y cayendo y cayendo y cayendo y cayendo y cayendo
y cayendo y cayendo y cayendo y cayendo y cayendo y cayendo
y cayendo y cayendo y cayendo y cayendo y cayendo y cayendo
y cayendo y cayendo y cayendo y cayendo y cayendo y cayendo
y cayendo y cayendo y cayendo y cayendo y cayendo y cayendo
y cayendo y cayendo y cayendo y cayendo y cayendo y cayendo
y cayendo y cayendo y cayendo y cayendo y cayendo y cayendo

y cayendo y cayendo y cayendo y cayendo y cayendo y cayendo
y cayendo y cayendo y cayendo y cayendo y cayendo y cayendo
y cayendo y cayendo y cayendo y cayendo y cayendo y cayendo
y cayendo y cayendo y cayendo y cayendo y cayendo y cayendo
y cayendo y cayendo y cayendo y cayendo y cayendo y cayendo
y cayendo y cayendo y cayendo y cayendo y cayendo y cayendo
y cayendo y cayendo y cayendo y cayendo y cayendo y cayendo
y cayendo y cayendo y cayendo y cayendo y cayendo y cayendo
y cayendo y cayendo y cayendo y cayendo y cayendo y cayendo
y cayendo y cayendo y cayendo y cayendo y cayendo y cayendo
y cayendo y cayendo y cayendo y cayendo y cayendo y cayendo
y cayendo y cayendo y cayendo y cayendo y cayendo y cayendo
y cayendo y cayendo y cayendo y cayendo y cayendo y cayendo
y cayendo y cayendo y cayendo y cayendo y cayendo y cayendo
y cayendo y cayendo y cayendo y cayendo y cayendo y cayendo
y cayendo y cayendo y cayendo y cayendo y cayendo y cayendo
y cayendo y cayendo y cayendo y cayendo y cayendo y cayendo
y cayendo y cayendo y cayendo y cayendo y cayendo y cayendo
y cayendo y cayendo y cayendo y cayendo y cayendo y cayendo
y cayendo y cayendo y cayendo y cayendo y cayendo y cayendo
y cayendo y cayendo y cayendo y cayendo y cayendo y cayendo
y cayendo y cayendo y cayendo y cayendo y cayendo y cayendo
y cayendo y cayendo y cayendo y cayendo y cayendo y cayendo
y cayendo y cayendo y cayendo y cayendo y cayendo y cayendo
y cayendo y cayendo y cayendo y cayendo y cayendo y cayendo
y cayendo y cayendo y cayendo y cayendo y cayendo y cayendo
y cayendo y cayendo y cayendo y cayendo y cayendo y cayendo
y cayendo y cayendo y cayendo y cayendo y cayendo y cayendo

y cayendo y cayendo y cayendo y cayendo y cayendo y cayendo
y cayendo y cayendo y cayendo y cayendo y cayendo y cayendo
y cayendo y cayendo y cayendo y cayendo y cayendo y cayendo
y cayendo y cayendo y cayendo y cayendo y cayendo y cayendo
y cayendo y cayendo y cayendo y cayendo y cayendo y cayendo
y cayendo y cayendo y cayendo y cayendo y cayendo y cayendo
y cayendo y cayendo y cayendo y cayendo y cayendo y cayendo
y cayendo y cayendo y cayendo y cayendo y cayendo y cayendo
y cayendo y cayendo y cayendo y cayendo y cayendo y cayendo
y cayendo y cayendo y cayendo y cayendo y cayendo y cayendo
y cayendo y cayendo y cayendo y cayendo y cayendo y cayendo
y cayendo y cayendo y cayendo y cayendo y cayendo y cayendo
y cayendo y cayendo y cayendo y cayendo y cayendo y cayendo
y cayendo y cayendo y cayendo y cayendo y cayendo y cayendo
y cayendo y cayendo y cayendo y cayendo y cayendo y cayendo
y cayendo y cayendo y cayendo y cayendo y cayendo y cayendo
y cayendo y cayendo y cayendo y cayendo y cayendo y cayendo
y cayendo y cayendo y cayendo y cayendo y cayendo y cayendo
y cayendo y cayendo y cayendo y cayendo y cayendo y cayendo
y cayendo y cayendo y cayendo y cayendo y cayendo y cayendo
y cayendo y cayendo y cayendo y cayendo y cayendo y cayendo
y cayendo y cayendo y cayendo y cayendo y cayendo y cayendo
y cayendo y cayendo y cayendo y cayendo y cayendo y cayendo
y cayendo y cayendo y cayendo y cayendo y cayendo y cayendo
y cayendo y cayendo y cayendo y cayendo y cayendo y cayendo
y cayendo y cayendo y cayendo y cayendo y cayendo y cayendo
y cayendo y cayendo y cayendo y cayendo y cayendo y cayendo
y cayendo y cayendo y cayendo y cayendo y cayendo y cayendo

y cayendo y cayendo y cayendo y cayendo y cayendo y cayendo
y cayendo y cayendo y cayendo y cayendo y cayendo y cayendo
y cayendo y cayendo y cayendo y cayendo y cayendo y cayendo
y cayendo y cayendo y cayendo y cayendo y cayendo y cayendo
y cayendo y cayendo y cayendo y cayendo y cayendo y cayendo
y cayendo y cayendo y cayendo y cayendo y cayendo y cayendo
y cayendo y cayendo y cayendo y cayendo y cayendo y cayendo
y cayendo y cayendo y cayendo y cayendo y cayendo y cayendo
y cayendo y cayendo y cayendo y cayendo y cayendo y cayendo
y cayendo y cayendo y cayendo y cayendo y cayendo y cayendo
y cayendo y cayendo y cayendo y cayendo y cayendo y cayendo
y cayendo y cayendo y cayendo y cayendo y cayendo y cayendo
y cayendo y cayendo y cayendo y cayendo y cayendo y cayendo
y cayendo y cayendo y cayendo y cayendo y cayendo y cayendo
y por fin aterrizas sobre un montón de hojas secas. Tu caída ha terminado.

Ante ti hay dos pasadizos: uno a tu derecha y otro a tu izquierda. Para saber cuál debes tomar, no tienes más que averiguar si el número de veces que se repite la palabra «cayendo» en el párrafo anterior es par o impar.

laber*intro*

Si es par, toma el pasadizo de la derecha, que empieza en la página siguiente.

Si es impar, toma el pasadizo de la izquierda, que empieza en la página 59.

El pasadizo de la derecha

Tomas el pasadizo de la derecha, que se va haciendo más oscuro a medida que te adentras en él. Pronto el débil resplandor de la sala subterránea que acabas de abandonar no es más que un recuerdo. La oscuridad es completa.

Cierra los ojos para familiarizarte con la sensación de oscuridad absoluta. Extiende los brazos. Donde estás ahora mismo físicamente, leyendo este libro, seguro que tienes cosas al alcance de la mano (el propio libro, para empezar). Pero donde estás mentalmente, no. Ya no estás en un estrecho pasadizo. Si extiendes los brazos de tu proyección mental en el Mundo Sutil, no encontrarás nada a tu alrededor. Solo el suelo bajo tus pies, un suelo liso y duro y frío como una inmensa losa de mármol.

¿Dónde estás? No lo sé. Ni siquiera yo lo sé. Las profundidades del Palacio ocultan secretos que nadie conoce. Que nadie desea conocer. ¿No te habrás equivocado al pensar que el número era par? Te recomiendo que desandes lo andado hasta regresar a la sala de la que vienes. Espero que encuentres el camino de vuelta. Vagar indefinidamente por una oscuridad ilimitada no es el mejor de los destinos...

El pasadizo de la izquierda

Tomas el pasadizo de la izquierda, que se va haciendo más oscuro a medida que te adentras en él. Pronto el débil resplandor de la sala subterránea que acabas de abandonar no es más que un recuerdo. La oscuridad es completa.

Por cierto, espero que no hayas contado todos los «cayendo» para saber si su número es par o impar. Espero que tampoco hayas contado las líneas para luego multiplicar el número de líneas por el número de «cayendo». Espero que te hayas dado cuenta de que, puesto que en la primera línea hay cinco y en todas las demás seis, el número total tiene que ser impar. ¿No lo ves? Es muy sencillo: un número par multiplicado por un número cualquiera da un número par; por lo tanto, el número de «cayendo» de todas las líneas de seis tiene que ser par, independientemente de cuántas sean estas líneas; y a este número par hay que sumarle los cinco «cayendo» de la primera línea. Y la suma de un número par más un número impar es siempre un número impar. ¿Lo entiendes? No sigas adelante si no lo tienes del todo claro, o avanzarás a ciegas por un pasadizo cada vez más oscuro. Ayúdate con papel y lápiz, haz las comprobaciones necesarias. Cuando lo tengas clarísimo, y solo entonces, sigue leyendo, sigue avanzando...

El vestíbulo

Ves un punto de luz al final del oscuro pasadizo, y poco después llegas a un amplio vestíbulo iluminado por una hilera de lámparas colgadas del techo.

Alrededor del vestíbulo hay una docena de puertas, pero pruebas a abrirlas una tras otra y están todas cerradas con llave.

Te acercas a una mesita de cristal que hay en medio de la habitación, y ves sobre ella una diminuta llave de oro. Evidentemente, es demasiado pequeña para las cerraduras de las puertas que acabas de intentar abrir. Pero de pronto reparas en una cortina en la que no te habías fijado. Vas hacia ella, la descorres y descubres una pequeña puerta de poco más de treinta centímetros de altura. La diminuta llave de oro encaja en su cerradura. La abres.

La puerta da a un pequeño pasillo. Te arrodillas para ver qué hay al otro lado, y vislumbras un maravilloso jardín. Pero, desgraciadamente, no cabes por el diminuto pasadizo.

Si has leído *Alicia en el País de las Maravillas*, no te sorprenderá demasiado descubrir que ahora, sobre la mesita de cristal, hay un frasco con una etiqueta en la que pone «Bébeme».

Bebes el contenido del frasco, que sabe a una mezcla de tarta de manzana, cerezas, flan, piña y tostadas con mantequilla (si te concentras percibirás una vaga dulzura en tu paladar), y empiezas a encogerte.

A medida que tu proyección mental en el Mundo Sutil va encogiéndose, todo crece a tu alrededor y hasta las letras de este libro se vuelven más y más grandes. Tu estatura se ha reducido a la mitad y sigues menguando, cada vez más, la pequeña mesa de cristal ya es más alta que tú, solo mides poco más de un pie...

Por fin dejas de menguar y tu mente se adapta rápidamente a la nueva situación.

Ahora cabes perfectamente por la diminuta puerta, que para ti tiene el tamaño de una puerta normal, y sales (¿o entras?) al jardín.

Si has leído *Alicia en el País de las Maravillas* y crees que vas a encontrarte con unos atareados hombres-naipe pintando de rojo unas rosas blancas, te has pasado de listo (o de lista: no distingo bien si eres chico o chica, o cualquier otra cosa capaz de leer un libro). Porque este País de las Maravillas no es una copia exacta del que Lewis Carroll describe en su libro, aunque, por supuesto, tiene mucho que ver con él.

Lo que ves es una enorme seta sobre la que una oruga azul de tu tamaño (del que tienes ahora en el mundo sutil, tras tomar el brebaje reductor) fuma tranquilamente en narguile. Te acercas a la seta.

—No te va a ser fácil salir de aquí —te dice la oruga azul—. Podrías convertirte en mariposa, como haré yo dentro de poco, y salir volando. Pero dudo de que sepas cómo convertirte en mariposa. También puedes comer un trozo de esta seta, que te hará crecer vertiginosamente. Cuando llegues arriba, comes un trozo de seta del otro lado, que hace menguar, y recuperas tu estatura normal. Sí, eso será lo mejor.

Coges un trozo de seta del lado derecho y otro del lado izquierdo.

—Te preguntarás qué lado de la seta te hará crecer y qué lado te hará menguar. O lo que es lo mismo, qué trozo debes comer antes. Te lo diré: si el Palacio de las Cien Puertas tiene menos de sesenta salas, cómete el trozo de la izquierda; si tiene más de sesenta, cómete el trozo de la derecha.

laberin*tro*

En el primer paso, ve a la página siguiente.
En el segundo caso, ve a la página 65.

El trozo de la izquierda

Comes el trozo de la izquierda y empiezas a menguar con gran rapidez. Todo se vuelve enorme a tu alrededor, incluso el trozo de seta que tienes en la mano derecha, que enseguida tienes que soltar porque ya no puedes abarcarlo.

Sigues menguando, menguando, menguando. Las hormigas que corretean por el suelo del jardín son para ti del tamaño de un perro, luego de un cerdo, luego de un caballo, luego de un elefante... Los invisibles ácaros se vuelven gigantescos, un microbio está a punto de engullirte, las moléculas crecen a tu alrededor como fantásticos sistemas planetarios... Desapareces sin dejar rastro.

El trozo de la derecha

Comes el trozo de la derecha y empiezas a crecer con gran rapidez. En realidad, solo creces un poco hacia los lados, hasta recuperar tu anchura normal, y el resto hacia arriba. Te estiras como un chicle. Tu estatura aumenta a una velocidad vertiginosa.

De pronto ves un cuadradito de luz azulada sobre tu cabeza. El cuadrado aumenta rápidamente de tamaño...

¡Cómete el otro trozo de seta, rápido!

Comes el trozo que llevas en la mano izquierda justo cuando estás a punto de chocar.

Tu cabeza penetra suavemente en el cuadrado azul: es una masa de agua. ¿A que no imaginabas que pudieras zambullirte en el agua desde abajo? Tu cabeza sale a la superficie. Hay una barca a tu lado. Te agarras al borde. El chicle que eres se encoge vertiginosamente. Has recuperado tu tamaño normal.

Estás de nuevo en la piscina y el barquero te mira sonriendo melancólicamente desde la barca-pupitre, a cuyo borde sigues agarrándote.

—Habría sido más fácil ir directamente por la puerta del espejo —te dice—; pero así te has dado un paseo por mi pequeño País de las Maravillas. Me encanta que la gente lo visite... Sube, te acerco.

La puerta del espejo

El barquero, remando suavemente, te acerca a la puerta del espejo, ante la que hay un pequeño descansillo. Bajas de la barca al descansillo y ves tu imagen reflejada en el espejo-puerta, aunque un poco borrosa.

—Que tu viaje sea largo y fructífero —dice al barquero—. Empuja la puerta, no encontrarás ninguna resistencia.

Extiendes el brazo y la punta de tus dedos entra en contacto con la punta de los dedos de tu imagen, pero no notas superficie alguna. Tu brazo pasa al otro lado del espejo como si fuera de niebla, una bruma plateada que refleja borrosamente tu imagen.

Das un paso y pasas (valga la redundancia) al otro lado. Estás en un bosque sombrío y diminuto: un bosque cuadrado de unos diez metros de lado. ¿Piensas que un bosque no puede ser tan pequeño? ¿Y por qué no? Si lo prefieres, podemos llamarlo bosquecillo, pero un bosquecillo también es un bosque.

En medio del bosquecillo hay un caballo blanco dormido. Y montado sobre el caballo (ya sabes que los caballos suelen dormir de pie) hay un caballero, también dormido. Viste una armadura de latón que le ajusta bastante mal, y su caballo, alrededor de las patas, lleva una especie de brazaletes (o más bien *patraletes*) erizados de púas.

Te acercas, y el caballero se despierta. Te mira con expresión bondadosa.

—No te veo, pero sé que estás ahí. Y sé que estás preguntándote por qué mi caballo lleva esos *patraletes* llenos de pinchos. Te lo voy a decir: se los he puesto para protegerlo de los mordiscos de los tiburones. Sí, ya sé que no suele haber tiburones en el bosque, pero en esta vida hay que estar preparado para todo...

Y, tras una ensimismada pausa, el caballero empieza a cantar:

Ayer vi a un viejo muy viejo,
una momia, una antigualla,
que apoyaba su pellejo
en una especie de valla.

Al ver al desconocido
le pregunté preocupado:
«Dime, ¿cómo has conseguido
estar tan bien conservado?».

Contestó: «Recojo rosas
de noche por las esquinas,
y con ellas y otras cosas
hago ricas golosinas.

*Luego las vendo baratas
a los curtidos marinos,
para comprarme patatas,
zanahorias y pepinos».*

*Nunca olvidaré el semblante
de ese viejo tan astuto;
por eso con este cante
le estoy rindiendo tributo...*

La última estrofa la canta con tanta pasión que se cae del caballo, que sigue dormido. El caballero se levanta impertérrito y vuelve a montar.

—Como te decía, querida presencia del Mundo Tangible, hay que estar preparado para todo. Sobre todo para los encuentros inesperados, como el de ayer con el viejo pellejo, la antigualla de la valla. También estoy preparado para el encuentro contigo, no creas. Mientras dormía, he soñado que venías para acá con la intención de despertar a Alicia, que se ha quedado dormida; más dormida de la cuenta, quiero decir, porque ahora le toca a ella atacar, y su intervención es decisiva. Supongo que el Rey Negro habrá intentado camelarte con sus regalos, pero no te dejes engañar. En primer lugar, no puedes llevarte esa clase de regalos a tu mundo. El regalo que te llevarás es otro, mucho más valioso. Ya averiguarás cuál es. En realidad, el regalo consiste precisamente en averiguar cuál es el regalo...

El caballero vuelve a quedarse dormido, pero tras unos cuantos ronquidos empieza a hablar en sueños:

—No creas que estoy tan dormido como parezco. Un caballero nunca duerme del todo, siempre está vigilante. Si el Rey Negro intenta escapar hacia el norte, saltaré sobre él. Entre Alicia y yo lo acorralaremos. Con tu ayuda, claro. El león cobarde también colabora, aunque es de otro libro, como tú... Sigue, ya te falta poco para llegar junto a Alicia. Tienes que ir hacia el norte...

laber*intro*

Ve, pues, hacia el norte, a la página 73.

¡Trampa!

Al ver el título, has pensado que es una advertencia (de ahí los signos de exclamación). Pues no: es un reproche. *Tú* has hecho trampas. Ninguna página del libro conduce a esta, por lo tanto no tendrías que estar aquí. No *tienes* que estar aquí. Vete.

¿No me has oído? No, claro que no me has oído: con tus limitadas orejas físicas no puedes oírme. Pero me has leído. *Vete*.

¿Sigues leyendo? ¿No me haces caso? Peor para ti. Como acabo de decirte, el título alude a la trampa que tú has hecho, que tú estás haciendo ahora mismo. Pero también hay una trampa en esta página (de lo contrario no tendría ningún sentido y, por tanto, no estaría en el libro, puesto que este es un libro en el que todo tiene sentido). En esta página hay una trampa, sí. Una trampa para tramposos. Como tú, que te obstinas en seguir leyendo, sin darte cuenta de que esta es una página vampírica.

¿No sabes lo que es una página vampírica? No, ya veo que no. Pues el mismo nombre lo dice: es una página que te chupa la sangre. No físicamente. No le van a salir unos dientecillos a la página para morderte el pulgar con el que la sujetas. Pero te va a chupar vida, que es lo mismo que chupar sangre. Ya te la está chupando, ¿no lo notas? No, no lo notas, porque sigues leyendo. La mayoría de las víctimas de los vampiros solo se dan cuenta de que están siendo vampirizadas cuando es demasiado tarde. ¡Deja de leer esta página! ¡Hazme caso de una maldita vez!

Lo tuyo no tiene nombre. ¿Cómo he de decirte que esta página, al igual que la anterior, es una trampa succionadora? Se está llevando de la manera más absurda tu bien más preciado... Has entrado en el Palacio en busca de un tesoro, y lo que haces es dejarte arrebatar el tuyo a pesar de todas mis advertencias. ¿Puede haber una conducta más estúpida que la tuya? ¿No te das cuenta de lo que irremediablemente estás perdiendo al empecinarte en leer esta página parasitaria? Déjalo ya, cada minuto que pasa pierdes... un minuto. ¿Lo entiendes ahora? Leyendo esta página estás perdiendo tu bien más valioso, la sustancia misma de la vida. Estás perdiendo... el tiempo. Ya lo has perdido.

Muchos raimundillos

Vas hacia el norte y encuentras, oculta por la vegetación, una puerta que da a una amplia y luminosa sala cuadrada, de unos diez metros de lado. Está llena de enanos de rojo gorro puntiagudo, todos muy parecidos entre sí y dedicados a las más diversas tareas: unos reparan o barnizan muebles antiguos, otros encuadernan libros, otros se dedican a la alfarería, otros arreglan zapatos... La sala es un bullicioso y variopinto taller artesanal.

Buscas a tus viejos conocidos, Barbagrís y Barbablanca, pero no están. Estos raimundillos parecen más jóvenes, pues aunque lucen largas barbas ninguno de ellos tiene canas.

Uno de los raimundillos percibe tu presencia y te dice, señalando una puerta que hay en la pared de enfrente de la pared donde está la puerta por la que acabas de entrar (valga el trabalenguas):

—Para ayudar a Alicia tienes que seguir por ahí; su sala está más al norte.

Pero otro raimundillo te advierte:

—Mi compañero miente y tú no deberías haber entrado aquí.

Y un tercer raimundillo te dice señalando una puerta que hay en la pared de tu derecha (estás dando la espalda a la puerta por la que has entrado):

—Mis dos compañeros mienten. Debes seguir por ahí, hacia el este.

Ya sabes que los raimundillos se dividen en veraces y mendaces: los primeros siempre dicen la verdad, y los segundos mienten siempre. Piensa bien en lo que te ha dicho cada uno de estos tres raimundillos antes de seguir adelante (o atrás).

laber*intro*

Si crees al primer raimundillo, ve a la página siguiente.
Si crees al segundo, tú verás.
Si crees al tercero, ve a la página 78.

El Bosque de los Cuentos

Sales por la puerta que te ha indicado el primer raimundillo y... estás fuera del Palacio de las Cien Puertas. El primer raimundillo te ha mentido: no podías buscar a Alicia en una sala más al norte de la anterior por la sencilla razón de que no hay salas más al norte. Tendrías que haberte fijado mejor en el plano del Palacio. ¿Dónde está? En tu cabeza, evidentemente. A medida que has recorrido el Palacio, los datos sobre su estructura han ido entrando en tu cabeza. Si no te has tomado la molestia de interpretarlos y ordenarlos, allá tú. Acá tú.

Un bosque sombrío y neblinoso se extiende ante la fachada norte del palacio. Y algo se mueve entre la maleza. Es un lobo. Un enorme lobo del tamaño de un tigre. Viene hacia ti. Lo monta una niña. La niña lleva una capa roja con capucha.

El lobo se detiene a apenas medio metro de ti. Te mira fijamente. La niña también.

—Se cuentan muchas historias parecidas la de Alicia —dice—. Historias de niñas o niños que se pierden o que tienen que cruzar un bosque u otro lugar lleno de sorpresas y de peligros. Y si a estas historias de niños y niñas sumamos las de hombres o mujeres en lugares extraños y peligrosos, tendremos casi todas las historias del mundo. De esas historias contadas en el Mundo Tangible, dicen, surgió el Mundo Sutil, aunque nadie sabe muy bien cómo. En el Bosque de los Cuentos, ese que tienes frente a ti, vivimos los personajes de las historias más antiguas, tan antiguas que no se sabe quiénes las contaron por primera vez. En los palacios y ciudades del Mundo Sutil moran los personajes de las historias más recientes, las que ya nacieron en forma de libros.

Aunque a menudo la diferencia no está clara, y por eso mi bosque está tan cerca de este palacio.

El lobo se acerca un poco más. Te husmea. La niña le acaricia distraídamente la cabeza.

—Alicia y yo nos parecemos mucho —prosigue—. El padre de Alicia, su autor, pensaba en mí cuando escribió sus aventuras. Pero yo me enfrento a los peligros exteriores; incluso soy devorada por el lobo en algunas versiones de mi historia. Mientras que Alicia, al igual que tú, se enfrenta a sus propios fantasmas. Ahora mismo, en el Palacio de las Cien Puertas, está librando una batalla consigo misma. Hay dos bandos, sí, pero ambos bandos la representan a ella, a distintas partes de ella. Debes ayudarla a vencerse a sí misma. De este modo lograrás tu propia victoria, tu propio botín, tu propio tesoro.

El lobo se separa unos metros de ti caminando hacia atrás. Luego se da la vuelta y se aleja corriendo. La roja capa de la niña ondea al viento, y en pocos segundos el lobo y su pequeña amazona desaparecen entre la maleza.

laber*intro*

Retrocede hasta encontrar el punto en el que has errado el camino, y luego haz lo que creas conveniente.

La sala de máquinas

Sales por la puerta que te ha indicado el tercer raimundillo. Da a una oscura sala cuadrada de unos diez metros de lado. En la penumbra centellean numerosas pantallas de ordenador e indicadores luminosos de las más variadas máquinas. Algunas de esas máquinas tienen forma humana. Reconoces a algunos famosos robots de películas como *Ultimátum a la Tierra*, *Planeta prohibido* o *La guerra de las galaxias*.

En un rincón, sentados a ambos lados de una mesa camilla, Pinocho y el Leñador de Hojalata de *El mago de Oz* charlan animadamente. Te acercas a ellos.

Ambos te miran sin verte.

—Una presencia del Mundo Tangible —dice Pinocho.

—Siéntate —te invita el Leñador de Hojalata—. No podemos verte ni oírte, pero tú a nosotros sí. A lo mejor te interesa nuestra conversación.

—Estamos hablando de la humanidad —dice Pinocho.

—No de la Humanidad con mayúscula, es decir, del conjunto de los seres humanos —aclara el Leñador de Hojalata—, sino de la humanidad con minúscula, es decir, de la condición del ser humano.

Coges una silla y te sientas con ellos.

—Yo quisiera ser un niño de verdad —dice Pinocho con voz melancólica.

—Y yo quisiera tener un corazón —suspira el Leñador de Hojalata.

Se acerca el Espantapájaros de *El mago de Oz* y se une a la conversación.

—Y yo quisiera tener un cerebro —dice.

—Pero tú ya tienes cerebro —replica Pinocho—. Para poder desear un cerebro, tienes que pensar. Y si piensas, es que ya tienes cerebro.

El Espantapájaros se queda tan perplejo que parece un espantapájaros normal y corriente, de esos que están plantados en medio de un campo de maíz.

—Pues es verdad —dice al cabo de unos segundos—. No se me había ocurrido... Pero entonces el Leñador de Hojalata ya tiene corazón, porque para desear tener corazón hay que sentir.

—E incluso hay que valorar los sentimientos —añade Pinocho.

—¡Es cierto! —exclama el Leñador de Hojalata con una sonrisa metálica.

—Y Pinocho ya es un niño de verdad —dice el Espantapájaros—, puesto que piensa y siente.

—Pero soy de madera —replica Pinocho con tristeza.

—Y yo soy de hojalata —dice el Leñador.

—Y yo soy de paja —dice el Espantapájaros—, pero lo que cuenta es la mente, no la materia.

—¿Y tú creías que no tenías cerebro? —le dice Pinocho—. ¡Pero si eres todo un filósofo!

—Hablando de materia, hay otra cuestión —dice el Leñador de Hojalata—. En realidad, no solo no somos de carne, como los humanos de verdad, sino que ni siquiera somos realmente de madera, paja o lata. Somos fantasmas del Mundo Sutil.

—¿Y por eso somos menos reales? —replica el Espantapájaros, animado por el título de filósofo que le ha concedido Pinocho—. Todas las religiones coinciden en que Dios es espíritu, no está hecho de materia, y es el ser por excelencia, el más real de todos.

—Y los ángeles también son espíritus —dice Pinocho.

—Y los demonios —añade el Leñador de Hojalata.

—Y nuestra visita del Mundo Tangible —dice el Espantapájaros señalándote—, aunque allá tenga un cuerpo de carne, aquí es un espíritu, y no por eso es menos real.

—Hablando de nuestra visita —comenta Pinocho—. No debería estar aquí.

—Cierto —conviene el Hombre de Hojalata—. No debería haber hecho caso al tercer raimundillo.

—Tienes dos opciones —te dice el Espantapájaros mirando hacia ti (no digo «mirándote» porque, aunque sabe que estás ahí, no te ve)—. Volver a la sala de los raimundillos y aclararte, o pasar directamente desde aquí a la sala del millón de Alicias, que es la próxima etapa de tu viaje. Pero para eso tienes que resolver un acertijo.

—Como verás, además de la puerta por la que has entrado aquí hay otras dos: una al este y otra al sur. Si resuelves el acertijo de Pinocho, sabrás cuál tienes que elegir.

El niño de madera se concentra durante unos segundos y luego te dice:

—La puerta del sur no da a la sala del millón de Alicias. Dos y dos son cuatro. Dos de estas afirmaciones son verdaderas.

Y en cuanto termina de hablar, le crece la nariz.

—Ya sabes que a Pinocho le crece la nariz cuando miente —te recuerda el Espantapájaros.

—O sea, que acaba de decir una mentira —añade el Leñador de Hojalata—. O dos. O tres.

—No, tres seguro que no —replica el Espantapájaros—, puesto que «dos y dos son cuatro» es una verdad como un templo.

laber*intro*

Si eliges la puerta del este, ve a la página siguiente, **El aula.**

Si eliges la puerta del sur, ve a la página 84.

También puedes volver a la sala de los raimundillos e intentar sacar una conclusión correcta.

El aula

Por la puerta del este, entras en una luminosa aula cuadrada de unos diez metros de lado. Los pupitres están vacíos, y de pie junto a una gran pizarra está esa maestra que te caía tan mal, ¿recuerdas?

—Ven aquí —te dice.

Te acercas y te da una tiza.

—Escribe, una encima de otra y numeradas, las tres frases que te voy a dictar. Primera frase: «La puerta del sur no lleva a la sala del millón de Alicias»; puedes abreviarla, que es muy larga: escribe solo hasta «no», que es lo que interesa. Segunda frase: «Dos y dos son cuatro». Tercera frase: «Dos de estas frases son ciertas».

Escribes las tres frases en la pizarra, una encima de otra, con grandes letras mayúsculas:

1. LA PUERTA DEL SUR NO
2. DOS Y DOS SON CUATRO
3. DOS DE ESTAS FRASES SON CIERTAS

—Bien —prosigue la profesora—, como a Pinocho le ha crecido la nariz, sabemos que al menos una de estas afirmaciones es falsa. Pero como la segunda es evidentemente cierta, puesto que hasta tú sabes que dos y dos son cuatro, si la primera fuera cierta la tercera también lo sería, pues habría dos afirmaciones ciertas, la 1 y la 2. Y, por tanto, a Pinocho no le habría crecido la nariz. Por lo tanto, la primera afirmación tiene que ser falsa, luego la puerta del sur sí da a la sala del millón de Alicias, que es donde deberías estar hace rato. Quédate ahí unos minutos reflexionando, y luego vuelve atrás y haz las cosas bien por una vez.

Un millón de Alicias

Entras en una luminosa sala cuadrada (sí, lo has adivinado: de unos diez metros de lado). Las paredes están empapeladas con un papel muy singular. O más bien muy plural, pues está estampado con una enorme profusión de diminutas figuras humanas. Las paredes parecen enormes hojas de recortables. Las figuritas son muy parecidas, pero todas ligeramente distintas. Son niñas con distintas expresiones y en diferentes actitudes. Y también sus ropas y sus peinados varían.

En el centro de la sala, sentado en una silla, un enano de hirsuta barba roja lee un libro. Lo conoces: es el bibliotecario. Frente a él hay una silla vacía, que, junto con la del enano, constituye todo el mobiliario de la sala.

El enano levanta la vista del libro y te sonríe.

—Siéntate —te dice señalando la silla vacía.

Caminas hasta el centro de la sala y te sientas frente al enano.

—Enhorabuena —te felicita—. Si has llegado hasta aquí haciendo las elecciones correctas, ya has dado un gran paso hacia el tesoro oculto en este lugar (o lo que es lo mismo, en el libro que estás leyendo). Y aunque hayas llegado hasta aquí por casualidad, algo aprovecharás... ¿Sabes cuántas niñas hay dibujadas en las paredes? No te molestes en contarlas: solo hay una. Todas son Alicia, la que inventó Lewis Carroll (basándose, por cierto, en una niña del Mundo Tangible). Pero cada persona que lee las aventuras de Alicia se la imagina de una manera, y la gran máquina, el superordenador que genera el Mundo Sutil, ha captado muchas de esas Alicias personales. Hay muchas más de las que ves, esas solo son una pequeña parte. Millones de personas han leído los libros de Carroll, y cada una se ha imaginado a Alicia de una manera. ¿Quieres verlas todas a la vez? Mira...

El enano pelirrojo chasquea los dedos y de pronto las paredes se vuelven grises.

—Ahí están —dice—. Pero para que quepan todas, hay que disminuir cada imagen hasta el tamaño de un punto, y además hay que ponerlas muy juntas, y por eso ahora las paredes parecen grises; pero si te acercas con una lupa, verás que cada punto es una Alicia. A veces los árboles no nos dejan ver el bosque; ahora el bosque no nos deja ver los árboles: al tener a todas las Alicias a la vista, no vemos a ninguna... Y hablando de no ver lo que está a la vista: en realidad ya has tenido a la vista el tesoro, aunque aún no lo has visto realmente... No es un trabalenguas: el tesoro son las puertas. No las puertas que llevan de una sala a otra: me refiero a los libros-puerta. Y como has estado en la biblioteca, los has tenido todos a la vista. Incluso te dije los títulos de algunos, ¿recuerdas? Sí, realmente has dado ya un gran paso hacia el tesoro. Y estás a punto de llegar junto a Alicia. Está en la habitación de al lado. Tu Alicia, tal como tú te la imaginas... Tal vez te sorprenda que una única Alicia pueda tener tantas apariencias distintas. Pero es que en el Mundo Sutil las cosas no funcionan como en el Mundo Tangible. Aquí no tenemos un «cuerpo» en el mismo sentido en que lo tenéis vosotros. Tenemos ciertas características generales tan estables como las vuestras, pero nuestra imagen, dentro de los límites de esas características, es fluctuante. Por ejemplo, yo soy un enano pelirrojo y no puedo tener el aspecto de un grandullón moreno, y Alicia es una niña de diez años y nunca será un señor de cincuenta; pero hay muchas formas de imaginarse a un enano pelirrojo o a una niña de diez años, y todas valen en el Mundo Sutil...

El enano cierra el libro que tiene sobre las rodillas y lo deja en el suelo.

—Y ahora, la antepenúltima prueba —dice sonriéndote—. Como verás, en esta sala hay una puerta en cada pared. Cada una de estas cuatro puertas la comunica con una de las salas contiguas. Si todas las salas estuvieran, al igual que esta, comunicadas con todas las contiguas, o sea, si entre cada dos salas adyacentes hubiera una y solo una puerta, ¿cuántas puertas habría exactamente en el Palacio de las Cien Puertas? No contamos, claro está, las puertas que dan al exterior. Tómate tu tiempo para hacer el cálculo. Hazlo con la ayuda de lápiz y papel. El próximo paso es muy importante.

laber*intro*

Si crees que son 128, sal por la puerta del sur, que da a la página siguiente.

Si crees que son 112, sal por la puerta del este, que da a la página 90.

La alfombra amarilla

Entras en una sombría sala (cuadrada, sí, y de unos diez metros de lado) en cuyo centro una niña de diez años, que lleva unos brillantes zapatos plateados, está desenrollando una alfombra amarilla de un metro de ancho. La alfombra parte de la puerta por la que acabas de entrar, y apunta directamente a la puerta de enfrente, en el centro de la pared opuesta. Debe de ser una alfombra muy larga, pues el rollo es más alto que la niña, que lo empuja con gran esfuerzo y avanzando muy lentamente.

La niña se vuelve hacia ti y te mira con una cansada sonrisa.

—Hola, fantasma —te saluda—. ¿Puedes ayudarme a hacer el camino? Ya sabes, se hace camino al andar —añade dando unas palmaditas al grueso rollo de alfombra.

Evidentemente, quiere que la ayudes a desenrollarlo, a extender la larguísima alfombra. Te acercas a ella y empezáis a empujar el rollo a cuatro manos. Es muy rígido y pesado. En realidad, no es una alfombra. Es un camino.

—Tengo que llegar hasta *él*, ya sabes, el innombrable. Es el único que puede ayudarme a volver a mi casa. ¿Sabes si voy bien por aquí? Y no me digas que el innombrable puede estar en cualquier sala del Palacio, porque ya lo sé. Ora está aquí, ora allá, ora acullá... Pero yo tengo que llegar a la sala principal, donde está su trono de mármol. Y el camino solo puedo desenrollarlo en línea recta, como puedes ver... ¿Sabes si voy bien? ¿Llegaré por aquí a la sala del trono verde? Ya sé que no puedes hablar, pero si afirmas o niegas con la cabeza allá en el Mundo Tangible, tu proyección aquí, que yo puedo vislumbrar porque llevo los zapatos de la Bruja del Este, reflejará ese movimiento.

Si a estas alturas aún no te has dado cuenta de que esta niña no es Alicia, lo tuyo es grave. Es Dorothy, la protagonista de *El mago de Oz*, lo que significa que en tu última elección (mejor dicho, la antepenúltima) te has equivocado. Pero aún puedes conseguir un premio de consolación si le das a Dorothy la respuesta correcta. Luego vuelve atrás, deprisa, y rectifica tu error. Tienes que despertar a Alicia cuanto antes.

laber*intro*

Si crees que Dorothy va bien encaminada para llegar a la sala del trono, afirma con la cabeza.
Si crees que no, niega con la cabeza.

El pequeño tablero

Entras en una sombría sala (cuadrada, sí, y de diez metros de lado) en cuyo centro una niña de diez años, vestida de blanco, duerme en un sillón. Frente al sillón hay una mesita baja, y sobre la mesita un pequeño tablero de ajedrez con algunas piezas.

Al entrar tú, la niña se despierta tan bruscamente que al incorporarse tira con el brazo las piezas del tablero.

—¡Me he quedado dormida más de la cuenta! —exclama con preocupación—. ¡Es mi turno!

Te mira con una mezcla de sorpresa y alegría.

—¿Eres una presencia del Mundo Tangible? —te pregunta.

Asiente con la cabeza.

—Qué bien —dice la niña—. Tú puedes ayudarme. En realidad, ya me has ayudado mucho al despertarme, pero puedes ayudarme aún más. Estoy desfallecida, y yo sola no podría luchar con la Dama Negra; pero con tu ayuda sí que puedo hacerlo. No tienes más que entrar en mí. Es muy fácil: tú aquí eres un fantasma y puedes entrar dentro de mí, si yo te dejo. Solo tienes que conocerme... Sabes quién soy, ¿verdad?

Afirma con la cabeza para que Alicia sepa que la has reconocido. Tienes que haberla reconocido, pues es tal como tú te habías imaginado a Alicia.

—Claro que sabes quién soy —dice la niña con orgullo—. Soy muy famosa. Soy la niña más famosa del Mundo Sutil. Bueno, junto con Caperucita Roja. Pero ella es mucho más vieja, ha tenido más tiempo para darse a conocer. Y yo, al menos, conozco a mi padre y sé mi fecha de nacimiento, cosa que ella no puede decir. Además, yo soy única, mientras que Caperucitas hay varias, y algunas están incluso enfrentadas entre sí. ¿Sabes que incluso hay una Caperucita caníbal? El lobo y ella cazan juntos a los incautos que cruzan el bosque y luego se reparten las presas... Pero me estoy alejando del tema principal, que soy yo... Me conoces bien, ¿verdad?

Vuelve a asentir con la cabeza, aunque solo tengas una vaga idea de quién es Alicia; es muy vanidosa, y si le dices que no se pondrá hecha una furia.

—De todos modos, será mejor que te recuerde mi historia, por si acaso —prosigue la niña—. Para que puedas ocupar mi lugar eficazmente, tienes que tener muy claras algunas cosas sobre mí... Como ya sabrás, estoy inspirada en una niña real, una tal Alicia Liddell... Una calurosa tarde del verano de 1862, mi querido autor,

Lewis Carroll, llevó a Alicia Liddell, que entonces tenía diez años, y a sus dos hermanas a dar un paseo en barca por el Támesis. Las tres niñas se pusieron pesadísimas pidiéndole a Carroll que les contara un cuento, y él improvisó una historia de lo más disparatada. Luego, una vez en casa, escribió la historia y la convirtió en el libro *Alicia en el País de las Maravillas*. Has leído el libro, supongo. O por lo menos habrás visto alguna de las películas basadas en él, o sabrás de qué va, aunque solo sea de oídas...

Asiente con la cabeza.

—Por si acaso, te recuerdo el argumento —dice la niña—. Alicia, o sea, yo, está aburrida en el campo, y de pronto ve un conejo blanco con chaqueta y chaleco. Lo sigue, se mete en una madriguera y se cae por un pozo muy muy muy muy muy muy muy profundo. No se hace nada porque aterriza sobre un montón de hojas secas, y así llega al País de las Maravillas, que es un sitio muy muy muy muy pero que muy raro, donde se encuentra con personajes rarísimos, como el Sombrerero Loco y la Liebre de Marzo, el Gato de Cheshire, la Oruga Azul... En un jardín al que entra tras disminuir de tamaño, ve a unos hombres-naipe de lo más pintorescos. Tan pintorescos que están pintando de rojo unas rosas blancas... Entonces llega la Reina de Corazones, que no hace más que decir todo el rato: «¡Que le corten la cabeza, que le corten la cabeza!», y al final resulta que todo ha sido un sueño y Alicia se despierta en el campo... Una historia fantástica, ¿no te parece?

Asiente con la cabeza. Con más energía, por favor.

—El libro tuvo muchíiiiiiiiiiiiisimo éxito —prosigue la niña—, y se han escrito otros libros inspirados en él, o sea, en mí. ¿Has leído *Malditas matemáticas*?; es estupendo: en él, Alicia, o sea yo (o una muy parecida a mí), viaja al País de los Números. Y también se han hecho muchas películas basadas en *Alicia en el País de las Maravillas*. Tanto éxito tuvo el libro, que unos años después Lewis Carroll escribió una continuación: *A través del espejo y lo que Alicia encontró allí*. Es un libro todavía más raro, si cabe, y puede que no lo conozcas tan bien como el primero porque es mucho menos famoso. En él Alicia, o sea, yo, pasa a través de un espejo que hay en su casa y, al otro lado, se encuentra con personajes raríiiiiiiiiisimos, como el Caballero Blanco, que no para de inventar cosas y se cae del caballo todo el rato; los hermanos Tweedledum y Tweedledee, que son como la imagen en el espejo el uno del otro; Humpty Dumpty, que es un hombre-huevo subido en una tapia y que dice cosas de lo más extravagantes; las flores parlanchinas... Pero lo más curioso de todo es que la historia es como una gran partida de ajedrez, y en esa partida yo soy un peón que tiene que llegar al otro lado del tablero para convertirse en reina... ¡La partida de ajedrez!

La niña mira el tablero, y rápidamente recoloca las piezas caídas. La posición queda así:

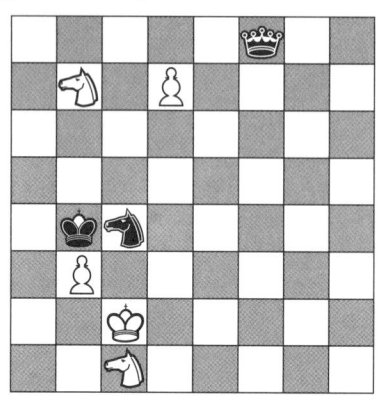

Pero luego duda y cambia algunas piezas de lugar. Ahora la posición es esta:

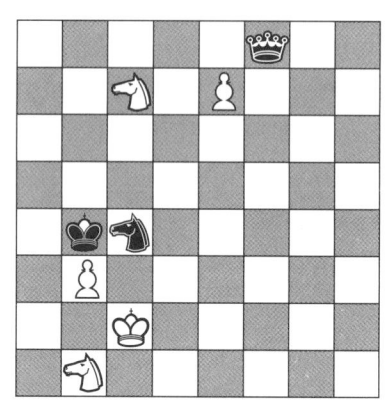

—No estoy segura —dice la niña con preocupación—. Estoy aturdida... Ayúdame tú, presencia del Mundo Tangible —te pide mirándote con ojos suplicantes—. Puedes volver atrás y comprobar lo que hay en cada sala. Yo no puedo hacerlo. Ya sabes que el Conejo Blanco y yo somos peones, que el Rey Negro lleva una corona negra y el Rey Blanco una corona blanca, que los grandes animales de cuatro patas son caballos, y que todas las piezas están dormidas, aunque se hayan despertado un momento al entrar tú en sus respectivas salas... ¡Menos yo, que estoy despierta porque me toca jugar! ¡Ayúdame, pronto! ¿Qué posición es la verdadera?

laber*intro*

Si crees que la posición verdadera es la primera, ve a la página siguiente.

Si crees que es la segunda, ve a la página 101.

Una posición difícil

—Pues lo tenemos bastante complicado —dice Alicia mirando el tablero—. Yo tengo que mover a la casilla de la última fila y convertirme en dama blanca, pero luego la dama negra puede comerme, o darle jaque al rey blanco... Anda, presencia del Mundo Tangible, ayúdame, por favor; entra dentro de mí y haz la jugada, que estoy desfallecida. Llévame a la casilla de la última fila, por la puerta del norte...

Alicia se desmaya y cae, pero tú la sostienes. Al sostenerla, entras en ella, te fundes con ella, te conviertes en ella. Ahora eres Alicia, pero por poco tiempo.

laber*intro*

Cruza la puerta del norte, ve a la página siguiente.

La sala negra

Entras en una sala completamente negra: paredes, suelo, techo: todo negro. Pero la oscuridad no es completa: te rodea un tenue resplandor. No sabes de dónde procede. No logras determinar la procedencia de la luz. ¿Sabes por qué? ¡Porque brota de ti! Y de pronto estallas. Un estallido suave y silencioso, como el de una pompa de jabón. Ya no eres Alicia. Tu estatura es mucho mayor. Eres una mujer muy alta, de aspecto imponente, con una plateada corona de reina y una túnica blanca hasta los pies. Al alcanzar la octava casilla de tu columna te has convertido en la Dama Blanca.

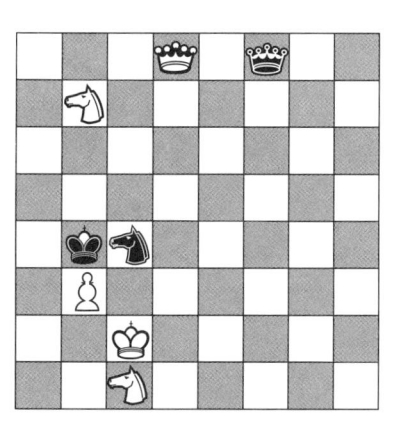

Pero ahora es el turno de las negras. La Dama Negra puede comerte. O puede dar jaque al Rey Blanco. ¿Qué crees que hará? ¿Qué jugada le conviene más?

laber*intro*

Si crees que a la Dama Negra le conviene comerte, ve a la página siguiente.

Si crees que le conviene dar jaque, ve a la página 100.

Una captura apresurada

La Dama Negra cometería un error comiéndote, pues ahora el Caballo Blanco se la come a ella. Dama por dama parece un cambio equitativo, pero a las negras no le conviene en este momento, pues las blancas tienen más piezas en el tablero.

No te hagas ilusiones: la Dama Negra nunca haría esta jugada.

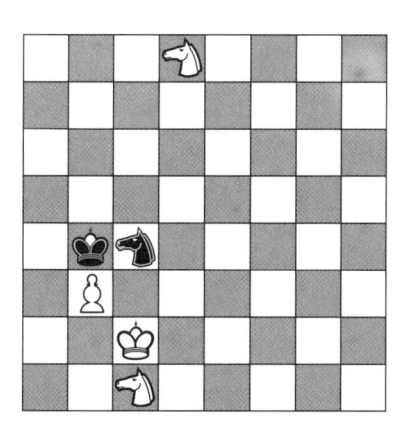

Jaque

Si la Dama Negra baja hasta la segunda fila para dar jaque al Rey Blanco, este lo tiene fatal: solo puede ir a tres casillas (¿ves a cuáles?) o pedirle a la Dama Blanca que descienda y se interponga entre la Dama Negra y él. Pero el Caballo Negro está al acecho, y es jaque mate en pocas jugadas (¿ves cómo?).

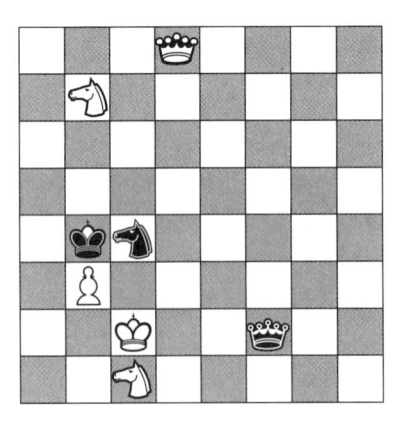

Las blancas han perdido, habéis perdido. De nada te ha servido despertar a Alicia, entrar en ella y luego convertirte en Dama Blanca. Pero... ¿no te habrás equivocado al determinar la posición de las piezas en el tablero? ¿Por qué no le das un repaso al libro para cerciorarte?

La puerta inexistente

—La última jugada requiere un gran esfuerzo. Tengo que matar a la Dama Negra, y para ello tengo que entrar en su sala en diagonal, por ese rincón —dice Alicia señalando la esquina nordeste de la habitación—. Pero estoy desfallecida. ¿Puedes tomar mi lugar? Entra en mí, presencia del Mundo Tangible, y coge mi espada. Está debajo del sillón...

Alicia se desmaya y cae, pero tú la sostienes. Al sostenerla, entras en ella, te fundes con ella, te conviertes en ella. Ahora eres Alicia.

Debajo del sillón hay una espada corta y de hoja ancha, como las de los gladiadores. La coges y te encaminas hacia la esquina nordeste de la sala.

Golpeando una y otra vez con la espada, consigues abrir una rendija justo en el rincón. La agrandas hasta poder pasar por ella. Al otro lado, la oscuridad es completa...

laber*intro*

Si te atreves a enfrentarte a la Dama Negra, ve a la página siguiente.

Si no te atreves, cierra el libro y vuelve a tu ser. No se lo contaremos a nadie.

La Dama Negra

La oscuridad es tan grande que al principio no ves nada, a pesar de que vienes de una sala en penumbra. Pero tu espada empieza a brillar, y su luz te permite vislumbrar una esbelta silueta que se recorta en la negrura.

La corta y ancha hoja de tu gladium, que así se llamaban las breves espadas de los gladiadores (mejor dicho, los gladiadores se llamaban así porque llevaban un gladium), brilla cada vez más, y ahora ves claramente, negro sobre negro, una imponente figura envuelta en una larga capa con capucha. Lleva la capucha puesta, por lo que no le ves el rostro, y se apoya en un largo báculo.

Algo empieza a brillar sobre el báculo, con la misma luz que la hoja de tu espada. Brilla cada vez más, y ahora su forma se perfila con claridad. Es una hoja curva, puntiaguda y afilada. Lo que blande la negra figura no es un báculo, sino una guadaña.

—¿Pretendes matar a la Muerte? —ríe la mujer, pues de una mujer se trata.

A la luz de la hoja de la guadaña ves ahora su rostro bajo la capucha. No es una desnuda calavera, como temías, sino un bellísimo rostro femenino, de una blancura marmórea.

«No podemos matarla», dice la voz de Alicia dentro de ti, puesto que tú estás dentro de ella, «pero podemos expulsarla del tablero. Es nuestro turno, y ella no puede hacer nada hasta que no la ataquemos. A no ser que nos demoremos demasiado y perdamos el turno... ¡Rápido, ataca!».

Estás a un par de metros de la Dama Negra. Si das un paso más, quedarás al alcance de su larga guadaña. Y para atacarla tienes que llegar junto a ella, pues la hoja de tu espada no tiene más de medio metro de larga. Vacilas.

La Dama Negra empieza a levantar su guadaña, como si se dispusiera a segar. Y lo que se dispone a segar es tu cabeza.

«¡Ataca de una vez!», grita Alicia dentro de tu cabeza.

Sin saber muy bien cómo, pues a tu propia voluntad se suma la de la niña en la que te has convertido, te abalanzas contra la Dama Negra justo en el momento en que se apresta a descargar su golpe fatal. Tu espada de luz se hunde en su cuerpo como si fuera de agua. Y tú también. Te hundes en ella, te fundes con ella. Te conviertes en ella. La capucha que cubre tu cabeza se convierte en una corona de plata. Una corona de reina. Y la negra capa se vuelve blanca como la nieve.

«¡El peón blanco ha capturado a la Dama Negra y ha coronado!», exclama Alicia en tu interior (por si no lo sabías, en el lenguaje del ajedrez se llama «coronar» a llevar un peón hasta la octava casilla, donde se convierte en dama). «¡Ahora somos la Dama Blanca!».

Pero la transformación no ha terminado. Sigues creciendo. Mucho. Tu cabeza llega al negro techo, que se volatiliza al entrar en contacto con tu corona de plata. Sigues creciendo. Y no solo tú. Las paredes del Palacio de las Cien Puertas se han volatilizado por completo, y seis figuras más crecen a la par que la tuya. El Caballero Blanco, el Conejo Blanco, el Sombrerero Loco, el León Cobarde, el Rey Negro, el Toro Negro. Todos crecen desmesuradamente y adoptan posturas erguidas y solemnes.

Ahora eres una gigante de unos quince metros de estatura, y los suelos de las 64 salas del Palacio, alternativamente claros y oscuros, te parecen desde tu altura las casillas de un gran tablero de ajedrez. Y eso es lo que son. Los raimundillos, el enano pelirrojo y los demás personajes que no intervienen en la partida han desaparecido. Pero ves una línea amarilla que baja por una de las columnas centrales del tablero hasta la sala (ahora la casilla, más bien) del trono de esmeraldas, y compruebas con alegría que Dorothy iba bien encaminada.

El gran tablero

Solo un personaje de los siete que os erguís sobre el gran tablero es tan alto como tú (los otros cinco miden entre diez y doce metros). Es el Rey Negro, que exclama:

—¡Es mi turno, y estoy en jaque!

Intenta pasar a la casilla blanca que está al norte de la suya, pero el blanco caballo del Caballero Blanco relincha con fuerza: el Rey Negro no puede ir ahí, pues el caballo saltaría sobre él.

Entonces el Rey Negro intenta pasar, diagonalmente, a la casilla negra del suroeste, pero el León Cobarde ruge amenazador: él, que hace las veces de caballo blanco, cubre esa casilla.

Tras mirar a su alrededor con expresión contrita, el Rey Negro abre los brazos en un gesto de impotencia y exclama:

—¡Abandono!

Dicho lo cual, se tumba en el suelo cuan largo es.

«Hemos ganado», grita la voz de Alicia en tu cabeza.

laber*intro*

Si no ves claro por qué se ha rendido el Rey Negro, averígualo en la página siguiente. Y si lo ves claro, también. Por si acaso.

Mate

El Rey Negro solo puede ir a la casilla negra al noroeste de la suya. Pero a continuación la Dama Negra baja diagonalmente hasta ponerse enfrente de él, y es jaque mate.

Por eso el Rey Negro abandona y se tumba en el suelo. En el ajedrez, cuando un jugador ve que está perdido, dice «abandono» y tumba su rey en el tablero.

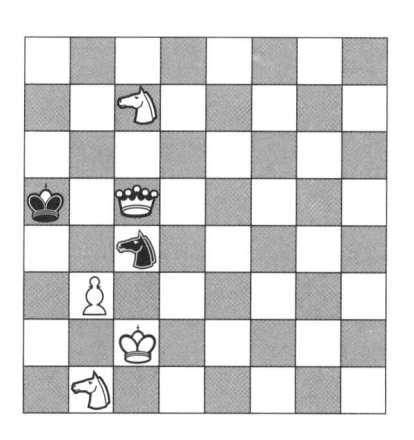

laber*intro*

Dedica unos minutos a estudiar la posición de la figura y luego ve a la página siguiente.

El regreso

Disminuyes rápidamente de tamaño. Las paredes del Palacio se regeneran con la misma rapidez. Vuelves a estar en una sala oscura. Vuelves a ser Alicia, pero solo por un momento.

Sales de ella con suavidad, como una mano sale de un guante de seda. La niña, cuya figura emite un tenue resplandor, te mira y te sonríe.

—Gracias por tu ayuda —te dice.

Se da la vuelta y se va. Desaparece en la oscuridad.

Durante unos segundos, la oscuridad, el silencio y la soledad son totales. Luego oyes una voz a tus espaldas.

—Es una buena chica —dice el enano pelirrojo, el bibliotecario.

Te das la vuelta y lo ves a tu lado, a la débil luz que emana del libro que lleva bajo el brazo.

—Me refiero a Alicia —prosigue el enano—. Es una buena chica, aunque un tanto caprichosa y engreída, como habrás notado. Como muchos niños y niñas de familia acomodada, está acostumbrada a obtener todo lo que quiere. Por eso acaba de librar esta batalla simbólica contra el Rey Negro, que representa los regalos, lo que se obtiene sin esfuerzo. Mientras que el Sombrerero Loco, que hacía las veces de rey blanco, representa el trabajo diligente, lo que se obtiene mediante el propio esfuerzo... La gran batalla entre tener y ser. Hoy día mucha gente quiere tener más y más cosas, y cree que en eso consiste la felicidad.

Pero lo importante es lo que somos, no lo que tenemos. O sea, lo que tenemos dentro, no lo que tenemos fuera.

El enano pelirrojo te da el libro luminoso. Lo coges. En su cubierta pone *El Palacio de las Cien Puertas*. Es este libro, el mismo libro que estás leyendo en el Mundo Tangible.

—Enhorabuena —te dice sonriendo—. Has llegado hasta el final de tu peripecia, y has conseguido el tesoro. Y el tesoro que hay en este Palacio, es decir, en este libro, son las palabras que contiene, evidentemente. Ahora son tuyas, porque tú también las contienes: al leerlas las has metido dentro de ti. Pero el valor de un tesoro depende, sobre todo, de lo que hagamos con él, del uso que le demos. Reflexiona sobre lo que aquí has visto, sobre lo que aquí has leído. Eso es lo importante: lo que tú pienses a partir de todas estas palabras que has hecho tuyas.

El libro que tienes en las manos (el del Mundo Sutil, idéntico a este que estás leyendo en el Mundo Tangible) va perdiendo su brillo poco a poco.

—¿Pensabas que ibas a llevarte toda la biblioteca del Palacio de las Cien Puertas? —prosigue el enano—. Bueno, pues en cierto modo así es. No puedes llevarte los libros físicamente (nuestra «física» es bastante distinta de la vuestra, como habrás observado), pero te llevas el concepto. Has averiguado los títulos de algunos libros-puerta, y esos te llevarán a otros, si quieres. Conseguir libros es muy fácil en el Mundo Tangible. Y esos libros te mantendrán en contacto con el Mundo Sutil. Podrás volver aquí siempre que quieras. Los libros son espejos de papel en los que nos vemos a nosotros mismos, y, como Alicia, podemos pasar al otro lado del espejo. Tú ahora mismo estás al otro lado, aunque a punto de regresar a tu mundo. La puerta ya está lista.

Miras a tu alrededor, pero no ves ninguna puerta. Solo oscuridad. El enano chasquea los dedos y aparece un rectángulo de papel ligeramente iluminado. Tiene el tamaño de una puerta, pero es la página de un libro llena de grandes letras negras.

Las letras están al revés,
como si las vieras reflejadas
en un espejo, porque estás
al otro lado de la página.
Y detrás de las letras
vislumbras, como al trasluz,
tu propia imagen leyendo
un libro, este libro.
Cruza el espejo, regresa
plenamente al Mundo Tan-
gible. Has vivido por un
rato dentro de este libro, y
a partir de ahora él vivirá
para siempre dentro de ti.